歲月，莫不靜好

蔣勳

芒種——冬至

目次

小暑

大暑

白露

秋分

寒露

霜降

大雪

冬至

自序

歲月，莫不靜好

二〇二〇年，對許多人都是艱難的一年吧。

《歲月靜好》出書之後，沒有想到，全世界陸續陷入新冠大疫的蔓延。

記得二〇一九年，我還在濟南，去了青州看北齊窖藏佛像，去了杭州，再次拜謁弘一大師舍利塔。西湖一片初冬的蕭瑟平靜，走過斷橋，望著湖邊孤山上冷峭的保俶塔，想著《詩經》美麗的句子「莫不靜好」。

兩千年前，詩歌詠唱的生活日常，是用「靜」來形容「好」。

「莫不靜好」，這樣平凡的祈願，或許是因為日子裡潛伏著多少動亂不安，潛伏著多少顛簸的驚慌，平靜水面下隱藏著多少驚濤駭浪、狂風暴雨的下一刻。

在西湖泛舟的時候，悠哉悠哉，其實，武漢已經大疫流行了。我們慶幸的「靜好」，要有多麼虔敬的謹慎。

回台灣，讀到消息，武漢大疫，慶幸自己離開了「疫區」，心中也惦記著還在「疫區」巡迴演出的朋友。

島嶼人人自危，都戴起了口罩。

我們的驚慌常常是感覺到「疫區很近」，總是想逃離，離「疫區」愈遠愈安心。

二〇二〇年一月飛到倫敦，二月又去了南非，在野生動物保護區裡，悠哉悠哉，幾乎忘了世界有流行疫病在蔓延。

原來計畫二月底到比利時根特看難得一見的凡・艾克（Jan van

Eyck）大展，三月到巴黎看碧娜．鮑許（Pina Bausch）早期舞作《藍鬍子》，也約了朋友去義大利「腳後跟」的海邊渡假。

我們總是有很多計畫，每一項都重要，每一項錯過了都遺憾。

然後，新冠肺炎在歐洲爆發。

義大利一日的死亡人數破千的時候，英國還很不在意，覺得「疫區」在別國，與自己無關。

國與國是人類劃分的界線，國界嚴謹，其實擋不住天災，也擋不住傳染病。地震引起的海嘯曾經重創千里外的異國，日本福島的核災輻射也穿越國界四處蔓延。

人類的「國界」能夠防守什麼？

二〇二〇年的三月九日，我從倫敦落荒而逃。

電視上看著義大利疫病死亡的屍體，一車一車通過街道，即使至親如夫妻母子兄弟姐妹，都不能靠近。

托斯卡納（Toscana）的居民打開窗戶，或站在陽台邊，含淚送別，一條街詠唱起安魂的歌聲，悽愴而嘹亮，我彷彿感覺到「倖存者」的悲哀，要一路陪伴叮嚀逝者，有這麼多說不完道不盡的詠歎。

取消了所有原訂的計畫，回到台灣。原來覺得疫情與自己無關的英國，很快捲入，倫敦封城。

在回國隔離的兩星期間，每天誦經、讀書、寫字、畫畫，慶幸自己還有很多喜歡做的事陪伴；慶幸窗外一條大河，潮來潮去，日升月恆，又想到《詩經》的句子「莫不靜好」。

要有多麼虔敬的珍惜，才會感謝此時此刻平常生活裡，無驚慌，無恐懼的「靜好」。

大河潮汐漲退，日月星辰流轉，窗前榕樹上整理羽毛的麻雀；看到這一個春天新冒出來的翠綠嫩葉，細雨霏霏，已是春分時節。可以這樣孤獨，跟自己在一起，可以這樣奢侈，看流水湯湯，聽潮水湧來的澎湃，聽汐止迴旋，在沙岸泥濘間一點一點退去。河的對岸是大屯山，春分的雲嵐變滅也都看到了，原來隔離也可以看到很多，原來唉聲嘆息的遺憾並不遺憾，原來隔離也不是隔離，節氣歲月迭次而來，我們並沒有錯過什麼，並沒有錯過「莫不靜好」的每一個日子。

隔離，有時候是離開城市，離開自己習以為常的環境。

芒種到小暑，在知本樂山聽整片大山剛剛嘶叫起來的今年的初蟬；大暑過了，立秋到處暑，在長濱金剛山下眺望太平洋重重大浪；白露到霜降，縱谷的田野由濃綠開始結穗，一直到收割前燦爛的金黃。

霜降到冬至，縱谷農忙過後，土地廟前坐著無事的老人，點頭寒暄，問你：「從哪裡來？」

我們並沒有隔離，仍然日復一日，和大山在一起，和長河在一起，和季節一起感覺榮枯風雨；和日月一起晨興夜宿，和雲一起舒卷倘佯，和大地在一起，承載喜樂，也承載憂愁，承載歡欣，也承載傷痛。

我們一直相信疫病會過去，一個月，兩個月，四個月，半年，九個月……

我是不是對時間也有傲慢？亙古之初，人類何曾定位天上星辰的位置？何曾決定任何一顆星球運轉的規則？

我們急躁，然而一顆星球可以用一億年做計算的週期。

「歲月，莫不靜好」，我還有多久要和疫病在一起，做更謙卑的功課。

二〇二一年霜降前二日

芒種

清平樂

二〇二〇年六月四日

時晴時雨，春夏之交，馬上就是芒種了。大觀園中的少女要跟春天花神告別了。

遵醫師囑咐出外走路，撐了傘，聽傘上叮咚雨聲。路邊有海檬果花，白色花蕾，被雨洗滌，特別潔淨。

臥病時看連續劇《清平樂》，沒有在意劇情，卻是感慨宋仁宗這樣一個執政者，在數十年間創造了十一世紀全世界最優雅的文明。

時代清平，還從執政的心念開始吧，心念亂，時局就亂，心念壞，時局也壞。

仁宗是少有心念清平的執政者，只要看他執政時拔擢的人才就知

道：晏殊、范仲淹、韓琦、歐陽修、蘇軾……

唐宋八大家，竟有六家出現在宋仁宗朝。

一個時代過去一千年，仍有這麼多令人景慕懷念的人物風範，和平、清平，「為萬世開太平」，談何容易。

「強大」，常常是比武力軍事，「強大」，也可以是讚頌人文的清平嗎？

天地雲嵐

二〇二〇年六月六日

忙完池上穀倉臺靜農老師紀念展，臥病在家靜養一週，隨意瀏覽手機裡最後離開東部前一天看到的雲。

雲從山壑低處沿著稜線向山峰高處攀爬。山脈廣大厚實，像盤古在遠遠的神話時代倒下來不再動的軀體。倒下來了，左眼為日，右眼為月，骨骼都成堅硬聳峻孤傲的高山，肌肉化作廣闊田野土壤，血脈流成滔滔奔去四方的江河溪川，毛髮蔓延成森林草原。

在盤古倒下的故事，我總覺得想要添加一個結尾，他最後呼吸的一口氣，化作了一綹一綹雲嵐，努力沿著山坡往上攀爬，一直高高升上了天空。

那時候，最後的呼吸，還會有人間的惦念嗎？

那時候，高升在天上的雲，還會想回頭再看一眼自己軀體幻化的山河大地叢林草原嗎？

從低卑處開始，因此總有低卑的掛念，飛升到天空的高度，也才還能回頭看更廣大更遼闊更紛紜的人世風景吧……

身體全都給出去了，剩下最後一口氣，飛升成天空的雲。

沒有讚許，沒有貶抑，沒有愛，沒有憎，沒有眷戀，沒有捨離，從低到高，雲都在學習自由。

雲花如錦

芒種後二日，月圓，雲花如錦，朵朵皆好。
看大潮洶湧澎湃，細思因果。
入睡前讀坤卦，六三變卦，陰變為陽，下艮上坤，山在地下，無鋒芒尖峻，坤變卦成謙，六爻皆吉。
有時要感謝生命途中的「變卦」。
因為「變卦」，夢中猶惦記著月光雲錦平坦。

二〇二〇年六月八日

黃槿

二〇二〇年六月十一日

芒種後五日，河邊散步，黃槿盛放，濃紫蕊心，鵝黃花瓣如酒盞。滿滿一樹的繽紛熠燿，燦爛輝煌。

黃槿原是海河交界的野生植物，耐寒、耐旱、耐鹹鹼、耐海風。驚風暴雨，大浪擊打，都不會摧折。

一路走上去，許多虯老樹幹被大風吹倒，橫斜著繼續生長，如龍盤踞蜿蜒，姿態奇磔崚嶒，是島嶼原生不畏寒苦、也不畏炙曬酷熱的生態。

感謝步道最初的規畫者，保留著海河交界的原生景觀。有一日可以讓有心的後來者學習敬重自然生態吧，這是島嶼真正歷史的原點，也是島嶼真正地理的原點。

花影掃不去

即將夏至了，午寐醒來，看到簾幕上室外樹影婆娑，恍惚如夢境。「一切如夢幻泡影」。夢、幻、泡、影，有時候不是不真實，只是不長久。簾幕上的樹影，隨日西斜，很快也就消逝了。我們並不知道什麼是長久，「花長好，月長圓，人長久」，也只是一廂情願吧……然而手機裡留下了那一刻的樹影婆娑。

宋真德秀有詩句云：「花影掃不去，草根鋤復生。」我想他當時有心事，或者些微煩惱，掃除不去。

其實，一個黃昏，對著一窗樹影參悟靜坐，不多久，也就看到無一物的空白了。空白是簾幕，簾幕外應該已是暗夜了。

二〇二〇年六月十四日

肉身如此

二〇二〇年六月十六日

還有五日夏至，酷熱已如盛暑。河岸邊不知為什麼浮起許多白白的魚屍，漂到泥灘，在淺水中浮蕩迴旋，肉身如此，好像茫然不知去處。有鷺鷥低飛來啄食，也看到螃蟹趴在魚屍身上。很快，這長長河岸漂浮的屍身也就要在生態循環中化解了吧！

卵生、胎生、濕生、化生、有色、無色……眾生如此來，如此去，佛說滅度一切眾生，又無有一眾生得滅度。

天氣太熱，走了約三、四公里，長長一條河岸都是屍體漂浮，空氣裡一陣一陣難忍的惡臭。死亡如此壯觀，讓我忽然彷彿又經歷著印度恆河瓦拉納西岸邊火葬場一具一具的屍體的臭，和熱帶花朵腐爛的腥嗆的

氣味，伴隨一聲一聲如泣如訴的經咒梵唱。

肉身以任何一種形式消亡逝去都不容易吧！

大河讓我看這樣壯觀的死亡，無動於衷，使我震驚而後靜默。所有生時瑣瑣碎碎的計較都可以化解了吧，難道還要帶到來世再糾纏？

是的，實無一眾生得滅度。

金急雨

二〇二〇年六月十九日

夏至前一日，金急雨盛開，金煌熠燿，明亮愉悅的色彩。

讀《周易》坤卦六四爻：「括囊，無咎無譽。」

「囊」是囊袋，中空容器。「括」有約束、封閉的意思。

帛書《周易》有「二三子」與孔子的問答，孔子解「括囊」是「緘小人之口」，「緘」也有「封」的意思。以前傳統信封上印有某某人「緘」，也就是封信的人。

從「括囊」二字看，我覺得未必是「緘小人之口」。小人瑣碎嘮叨，固然可厭。然而，一個社會，只剩下了是非八卦瀰漫，日日以此為樂，也許都該有反省。

汪元亨元曲裡有八字：「身重千金，舌緘三寸。」不重千金之身，不緘三寸之舌，不謹言，不慎行，大厄即在眼前吧。

還是來樹下看花好，無咎無譽。

夏至

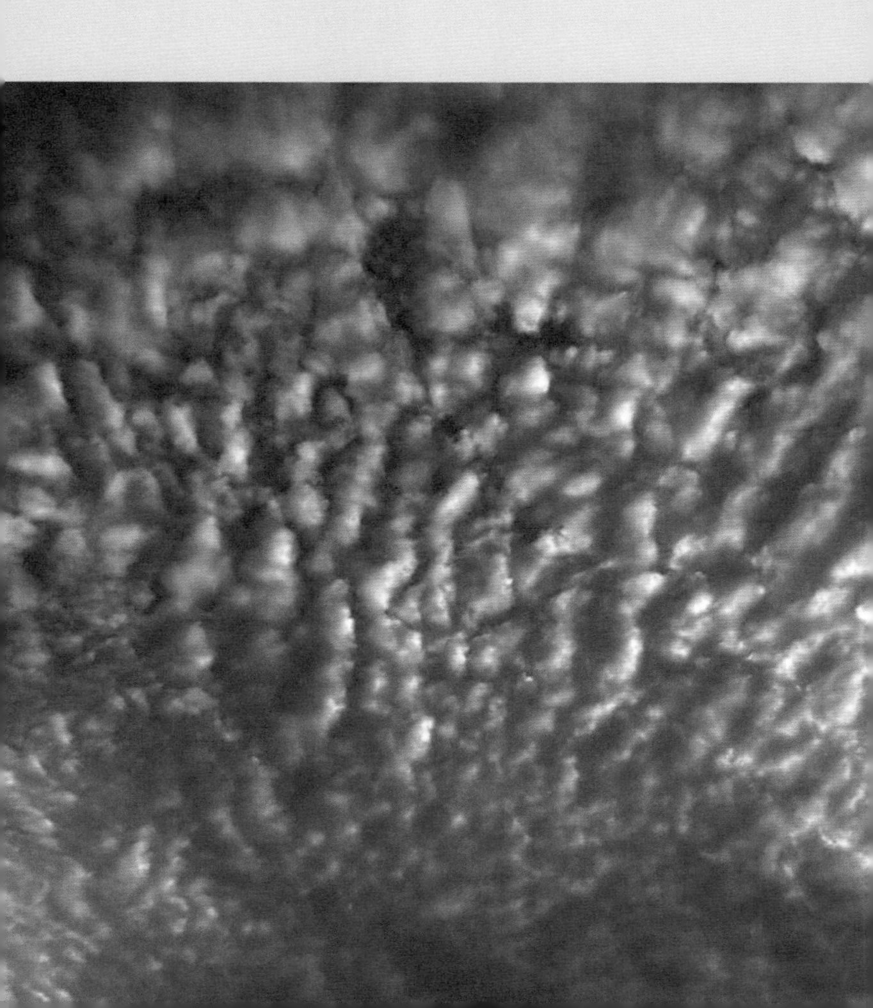

穗花棋盤腳

二〇二〇年六月二十三日

夏至，河岸邊穗花棋盤腳開花了，一串一串，長達一兩公尺，淺粉顫巍巍的蕊穗，隨風飄蕩，襯著豔藍的天，有一種南國的嬌美嫵媚。

穗花氣味芳香濃郁，引來許多蜂蝶圍繞採蜜。這是熱帶的植物，花期短，必須在很短的時間內完成交配繁殖，不但香氣招蜂引蝶，而且雄蕊、雌蕊外露，沒有掩飾，讓昆蟲快速沾惹，達到交配目的。

大自然的性與生殖在炎熱的季節特別慾望騷動，如一樹高亢蟬聲嘶鳴。

入夜時分，一串串的蕊花也像朵朵煙花綻放，引人讚歎。

穗花的確像煙花，燦爛熠燿，一閃即逝，大概一夜之後，地上就落滿墜落凋零的花，慢慢粉紅褪去，留下一片白絮絨球。

南國夏日，生命熱烈短暫，原初的繁殖，直截了當，沒有什麼矜持忸怩。

落花

二〇二〇年七月二日

穗花棋盤腳招來了不少蜜蜂蝴蝶，也招來了不少過路遊客停下來拍照讚歎。

花期很短，原來花蒂處已經結了長長一串果實。地面上留著很多落花，像夜空劃過的殞星，殞落的時候還是這樣燦爛絢麗，像盛大的煙火，一閃即逝，繁華所以令人驚動，成、住、壞、空，因為都已成追憶。

今日再讀坤卦「六五」，「黃裳元吉」，「五」是爻卦的君位，乾卦的「九五」是「飛龍在天」，緊接著就是「亢龍有悔」。

乾坤並讀，很喜歡坤的君位，「黃裳元吉」，不炫耀的土色，不爭

高位的下裳，所以「元吉」，這是《易經》裡唯一的「元吉」，「元」，也就是守自己的本分吧……

今天清晨早課就專心看這些落花，綻放過，被讚歎過，殞落了，在風雨中化為塵泥。

大和小

天空的雲像一朵盛放的花，在千里廣袤的穹宇間展開。

莊子應該是常常看這樣的雲吧？可以幻想北方荒涼寒極大海的魚，忽然想飛起來，就飛成翱翔天際的大鵬，飛向溫暖明亮的南方，一飛就是六個月不停息。

同時他也不會忘了仔細看草叢間飛著跳著的小生物——蜩或學鳩。他說的偉大和藐小，都因為專注於自己的存在，所以有不可比較的莊嚴吧。

我喜歡讀舊俄小說，一下筆就是數十萬字或百萬字，讀《戰爭與和平》，讀《卡拉馬助夫兄弟們》，都會讚歎俄羅斯文學的磅礴大氣。

二〇二〇年七月五日

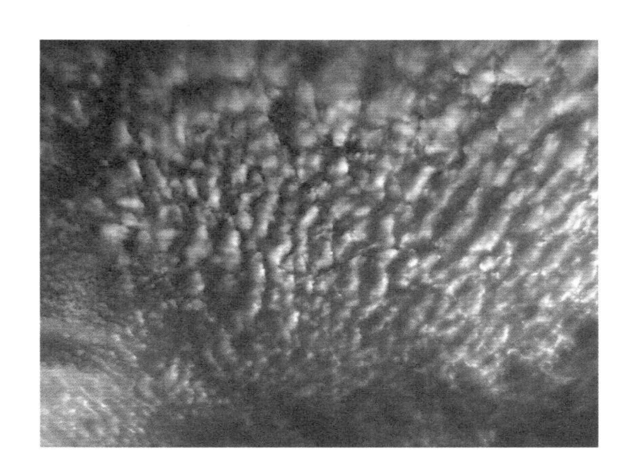

我也喜歡魯米的詩句，喜歡泰戈爾的《新月集》，喜歡唐人絕句和日本俳句，寥寥幾個字說許多事。這麼微小簡單，但是什麼也都說了。比較大小畢竟離真實的領悟還遠吧！

有人問泰戈爾：「什麼事最容易？」他說：「指責他人。」

有人問他：「何事最難？」他回答：「了解自己。」

有人問：「何事最重要？」他說：「愛。」

他的話語總是如此簡單，如同他的心思。

急急惶惶終日指責他人，大約都因為找不到自己存在的意義吧！看天空長雲無邊無際綻放，看一朵不起眼的小花綻放，大或小，都知道了解自己的存在。

不去比較褒貶、大小高低，安心做自己，會不會是不墜入自大無知的第一步？

小暑

台灣白斑鳳蝶

二〇二〇年七月六日

在東部山裡的仙丹花叢裡看到美麗的台灣白斑鳳蝶。牠在不同的花蕊上採蜜，像時尚高雅的女仕，不經意的調情，姍姍來遲，款款而飛。牠閃爍跳躍，不斷移動，停留固定的時間很短，稍縱即逝，因此不容易拍到。

牠對所有的花也都不留戀，點到為止。黑白對比，在濃豔的花叢間顯得很醒目，有時候很難了解奧祕的生態，什麼原因讓一種昆蟲選擇了黑白的配色？

像計白以當黑的書法，像一局難分難解的圍棋，像過時了的舊黑白照片，像夢中褪色的記憶，忽然飛來，叮嚀滿眼繽紛繁華，如一無言之偈，無所從來，亦無所去。

鳥的五線譜

二〇二〇年七月七日

那是幾條電線，忽然飛來一隻鳥，停在電線上，像原來無聲的線譜上有了第一個想像。像空白畫布上的第一個筆觸，接下來，創作者有無限的空間，也有無限的時間。

坐在琴前的音樂家思索著，第一個手指按下了第一個琴鍵……

像是在音樂的譜線上出現的第一個音符，我開始想像這接下來會是誰的旋律，蕭邦或是普羅高菲夫……

像薩提也好，寧靜輕盈，或是拉赫曼尼洛夫，風狂雨驟……

使君子

二〇二〇年七月九日

開在東部尋常人家的使君子，像一叢豐沛燦爛的瀑布，一嘟嚕一嘟嚕，從上而下，奼紫嫣紅裡還夾著醒目的白，色相隨時光流轉幻化，早晚看到不同的繁華，使人痴迷，也使人領悟。

這是在富岡漁港一個小巷弄中的人家門前看到的，已是小暑過三日的黃昏了。

你要站在現場，才知道使君子的花，像一大片夏日的簾幕，如此澎湃。

地藏王

二〇二〇年七月十一日

清晨六時許，在清覺寺禮佛誦經。寺廟依山而建，非常寂靜。沒有遊客，寺中僧尼也只見一、二人。

大殿素樸，入門上聯「清淨即菩提，須知菩提本來淨」，好像標示了寺廟的精神，沒有太多喧鬧奢華。寺院裡都是有年月的樟樹、玉蘭、含笑、七里香，芬芳馥郁，空氣清淨平和，如佛說法。

大殿右側有地藏王殿，殿後緊挨山巖，成群獼猴跳躍攀緣，也是嗔痴眾生。有點醒的聯語「大願無邊，因果轆轆，地獄空時證菩提」。「菩提」是信仰的終極追求，「菩提」是「清淨」，「菩提」也是地藏的「大願無邊」。

我進殿禮拜，地藏執錫杖而坐，金色身相，猶深深祈願地獄能空，
地獄不空，身相也就在地獄之中。

飄香藤

二〇二〇年七月十三日

東部飄香藤盛放了，一朵一朵酒紅色的花蕾升向湛藍天空，肆無忌憚，像晃漾著酒的醉意，邀夏日白雲共飲時光燦爛。

飄香藤讓我想起多年前在大肚山宿舍種植的一大片軟枝黃蟬，每到盛夏也開得如火如荼，滿滿爬在四扇落地窗邊，隨日光搖曳，明亮悅目。

飄香藤的枝莖都像軟枝黃蟬，聽說也有紅蟬，只是還沒見過。

整片飄香藤有野豔狂烈的美，但細看單一一朵，花瓣從蓓蕾綻開，一片一片，秩序宛然，有極安靜的紀律，讓人想用細線工筆勾勒，加上紅暈有層次的敷染，也很像唐人仕女畫在臉頰上，彷彿酒暈酡紅的彩妝。

玉蘭花

再過幾日節氣就到大暑了。

一個晚上斷斷續續有花香從窗外隨風飄來，清晨起來，四處尋找，院子裡果然有一株高大的玉蘭。

象牙白的花朵，像佛手溫柔手指，隱藏在綠葉間，若無其事，彷彿那盛夏暗夜的嗅覺饗宴都與它無關。

二〇二〇年七月十五日

海岸山脈

二〇二〇年七月十六日

山的稜線起伏綿延，很美，上午東邊的陽光也凸顯了山的光影，但我還記得晚上蹲伏在天空下的大山像一頭不安的、騷動的獸。

同樣是海岸山脈，從海岸線這邊看，稜線犬牙交錯峻嶒，像是受大海擠壓，陡峭險峻，也像是浪濤洶湧幻化成了大山，山峰站立起來，也像波浪濤天。

這幾年多在縱谷看海岸山脈，比海岸線這邊看要緩和柔美，沒有海岸這邊看時叛逆擠壓的霸悍強烈。風景有時像人，也有人的獷野不馴或平和溫馴的差別。

在縱谷住久了，習慣悠閒緩慢，總是不急不徐。來到海邊，耳邊總

是大海的澎轟，節奏如鼓，撼動心魂，脈搏都要加快跳動。豔藍如死的海洋讓人想放情高歌，試試達不到的高音。

聲音可以在峰巒谷壑間迴旋激盪很久，一次又一次，攀登更高聳更艱難的巔峰。

所以這裡每一個人的歌聲都這麼嘹亮高亢，他們或她們，都是生來要當歌手的。

月光熠燿的夜晚，部落的祭典，舞步，歌唱，酒醉的癲狂，睡倒在礁石上的青年，夢著與女神或男神在天上的歡媾，貪歡得醒不來的神的祭典。醒來時，好不甘心，怎麼就這樣醒來了，他們就一次一次像怒濤般嚎啕嘶吼吶喊著，哭個不停！

大音希聲

二〇二〇年七月十九日

逼近大暑了，蟬聲像煮沸的夏天，整座山都是如死般寂靜的蟬聲。聲音攀高到極致，是比寂靜還要沉默的寂靜，馬勒的音樂也常常如此。我也在想老子說的：「大音希聲。」

許多煮沸升騰成空氣的聲音，然後，蟬在自己的聲音中死亡殞落了，墜落地上，一條彎彎曲曲的小路上都是蟬的屍體。

以前在美術系，有一個作業是讓學生去樹林裡找一個蟬屍，素描那隻蟬屍。

那座在大肚山上的大學，夏天滿山也都是蟬聲，樹影迷離恍惚，覺得是還沒有配樂的電影，寂靜無聲的電影。費里尼在恍惚裡走來走去。

有學生做了素描，有學生找了資料，知道蟬在土裡蟄伏七年，一旦蛹化而出，就在樹上激昂嘶鳴，聲嘶力竭，耗盡氣力，七天就墜地死去。

他們有人素描屍體，有人素描生命。

年輕的學生或許會問：什麼樣的生命值得潛伏沉默七年，只為了一個夏日七日夜的嘶叫？

少年時樹下聽蟬，聽到詩句，像駱賓王在獄中聽到的蟬聲。到了老年，蟬聲多麼像一句短短的偈語，如果脫去肉身，你記得的也只是一個夏天寂靜如死的聲音吧……

古人喪禮用玉雕的蟬放在死者口中，也叫含蟬，貼近一生用來發聲的舌頭，那冰涼的玉石的蟬，在屍身裡永遠噤默了，好像七十年、七百年、七千年，再也等不到夏天。

扶桑

二〇二〇年七月二十日

在長濱金剛山下一間小小咖啡屋小坐，手沖咖啡很好，入口韻味悠長。彷彿同時品味了雨水、日光、土地或風。

僅容兩人對坐的小几，幽靜的淺粉藍色，一支波爾多酒杯裡插著幾朵明豔鮮紅的花。色彩和午後斜照的光都恰當，像維梅爾畫的一個角落，恰如其分，可以天長地久。主人說是自家院子裡野生的扶桑，清晨才綻放，陽光空氣都好，所以蓬勃有朝氣。

頭顱裡思慮心機如果糾纏瑣碎，常常會看不到眼前簡單安靜的存在，腦袋乾淨，眼前每一種存在都自有莊嚴。宋儒講「格物」，大概是提醒沒有妄想，安分從眼前小事物細心體會吧……

大暑

馬鞍藤

二〇二〇年七月二十二日

海潮洶湧，聽著太平洋澎轟巨濤的聲音。

這裡的巖礁崚嶒尖銳，終日被猛烈巨浪擊打剝削，雕塑成稜稜傲骨的姿態。很鹹很鹹的土地，浸泡在鹽漬的沙礫，很訝異馬鞍藤還可以四處生長蔓延。

它的根莖貼著白日炙熱炙燙的沙地，燙到我們不敢赤足行走的沙地，一條藤可以蔓延十幾公尺，縱橫攀爬，沒有一點畏縮，走到離母根很遠的地方，像是要傾聽海洋的壯闊，在陽光初升的清晨，開了一朵美麗的、豔紅的花。

生命美麗，使人讚歎，大多是因為這樣在艱難中努力存活的姿態

吧。島嶼的自然其實是一堂最重要的功課，那是真正永遠不能撼動的課綱啊。

生命可以走很遠的路，找到自己開花的地方。

敬慎因果

二〇二〇年七月二十七日

每日早起河岸散步，都會看到河面漁船，靜靜泊在幽微的曦光裡。船行快慢，速度不同，河面上會起不同大小的波瀾震盪。有時候船走了，波瀾還在，餘波蕩漾。剛來的人，不知因果，會心中納悶：為什麼今日水波不靜？

時空都是因果，一次大爆炸有數億火團迸散飛旋，數十億年、數百億年、數千億年，爆炸形成周期的運行規律，餘波蕩漾，還要數萬億年。某一個新來者仰頭眺望，不知因果，看到漫天繁星的天空，有運行軌跡，有移動秩序，有一定的因果，不知道為什麼熱淚盈眶。

每一個清晨，那一艘船，成為我散步時的風景，像是意外，也是因

果。船過，水無痕，喜怒嗔愛，都是波瀾，時空裡靜看星辰流轉，會知道最初的大爆炸還餘波蕩漾。要多麼漫長的時間，才真正水無痕？敬慎因果，是要入無波無瀾的無餘涅槃麼？。

不容易看到「因」，只是嚐遍苦「果」。因果之間，要有多少敬慎珍惜。

夜鷺

二〇二〇年七月二十八日

入夜前在新竹公園散步，湖邊圍欄側停著一隻非常美的夜鷺，灰藍色的羽翼，兩綹細而優雅的冠翎，被夜色的蒼綠湖水襯著，像一張淡雅的宋人冊頁。

新竹避開了大型城市的喧鬧浮華，有許多可以散步的綠地。公園的規畫依循東方園林的布局，水面空闊，木結構的亭、軒、臺、榭，也都素雅不過度裝飾。

城市的美，來自人的素質教養，有這樣一隻不被打擾的湖畔夜鷺，有幾株上百年的挺拔老松，低矮不炫耀的燈光，這城市就使人安心了。

每年參加應用材料企業主辦的文藝季都會來新竹，一場一場都有一千多人的演講活動，持續了二十年，認識許多愛文化的朋友。

今年因為疫情，現場活動停辦了，改為線上播放，在慶祝二十週年的前夜，在這公園走了一萬步，祝福城市的美好天長地久。

百芨與白芨

二〇二〇年八月一日

在用餐的桌上看到很雅緻的小花，白色淡青花瓣，花蕾是淺粉紅色。點點像天空星辰。有點像洋甘菊，卻又不是。

問了餐廳，說是「百芨」。

我聽成「白芨」，很高興，因為學習拓碑或書畫裱褙都會用到白芨製作的透明有黏性的「白芨水」。

我卻從沒機會看過白芨的花。

同桌另一位朋友學過笛子，他說笛子黏膜也用白芨沾黏。

生活裡有許多可以學習的知識，如果遇到熟悉中藥的人，大概也會說起白芨傳統的醫藥用途吧！

有關「白芨」的圖文放上臉書，許多朋友都來討論。我才知道餐桌上的花是「百芨」，屬於大星芹（Astrantia major），繖狀花屬。「百芨」和用來製作有黏性的白芨水不同科屬。

也有製作景泰藍的朋友告知白芨水甚至可以直接用來固定銅胎的掐絲。

格物、致知，沒有壓力，沒有考試，不用交論文，眼前的小花，像一首詩，伴隨一個晚上的餐點閒談，給我們很多意外的快樂。

在資訊發達的時代，網路如果不用來傳播謠言八卦，不做意識形態的辱罵鬥爭，是可以幫助大眾學習到很多知識的。

因為各方面朋友的提供資訊，讓我了解了「百芨」和「白芨」。很多感謝！

蜻蜓

二〇二〇年八月三日

朋友家的荷花池塘飛來許多紅蜻蜓，一種像是勃艮第酒的暗紅色，使人想起文藝復興時代，古宅裡沉厚的絳紅絲絨簾幕。

蜻蜓靜止在初初結成的一朵荷花蓓蕾上，久遠到來，似乎已經嗅到一朵荷花彷彿少女初長成的生命香氣。

荷葉也好，浮在水面上的翠綠，漸漸變色的婉轉如琥珀的赭紅都好。

蜻蜓飛來，像一句詩，也像一幅小小的宋人册頁。

手機裡留下的一景，可能是再也不會重現的一景。

地質公園

二〇二〇年八月五日

富岡的地質公園非常美，崚嶒詭奇的地層石版，峋嶁嶙峋的噬洞巖礁，彷彿上天雕鏤出來的神奇作品，大氣磅礴，和澎轟洶湧的大海浪濤對抗著，形成其他地方難以匹敵的風景。

這樣的地質特徵得天獨厚，過去卻委屈在「小野柳」的渾名下失去了自己的自信。聽說已經正名為「富岡地質公園」，值得為此慶賀。如同這幾年，每當一位朋友更換回原住民的名字，我就從心底為他們鼓掌喝采。

風景如同人，都要有做自己的尊嚴和信心。

每天傍晚在地質公園走一圈，可以了解公園背後規畫與管理者的用心。沒有太過都會的多餘裝飾，卻很細心設計人與自然的關係，伸向海岸巖礁的小徑和架高的身障步道都恰到好處，有適當的關心，卻不破壞自然。

植物的生態也多尊重原生的特色，白水木，蔓榕，海梧桐，林投，文殊蘭，大葉欖仁，黃槿，這些原來在海岸生長耐風、耐旱、耐鹹的植物，在巖礁海風中各自長成它們奇礫蚪健的姿態，遠比人工刻意培養的嬌豔幾日就死的都會植栽花圃，要更能說明與呈現「地質公園」存在的真正特性。

白水木

二〇二〇年八月六日

島嶼東部沿岸多白水木，有時長得很高大。

若受海風長年吹打摧折，枝柯交錯盤結，樹形常常會形成頑強對抗的姿態。

近幾年白水木受到園藝重視，移種在庭院，或用盆栽置放在豪宅做景觀，也長得茂盛扶疏，有另一種雍容，與在海濤強風鹹苦之地生長的情況不同了。

白水木輪生的葉叢多聚在樹梢，不影響枝幹線條優美修長的蜿蜒。葉片有點厚，葉片上有銀絨的細毛，發著華貴的光，在海岸的強悍風景裡顯得特別柔美安靜。

大暑過後是白水木開花的季節，花很小，一叢一叢，在葉片護衛中伸展，花莖像珊瑚分岔，細小的花落了，結成一粒粒像胡椒籽般的綠色小果實，也很好看。

一整個夏天都在海岸邊看不同株的白水木，看不同時辰的白水木，枝幹、葉叢、花、果實，認識一種生命的各個面相。

「不可以三十二相觀如來」，眾生亦如是，「相」是不斷在時間裡持續轉換修正的狀態，執著於相，也就停止了生長吧……

立秋

鹿野

二〇二〇年八月八日

住在山間農舍，院子裡有一百多隻雞，我一開門，走出屋子，牠們就湧上來，還試試啄我的腳趾頭。

朋友問：「是哪裡啊……」

我說：「鹿野——」

其實還是有點空洞，我們能說出的地名常常也只是我們有限知識的標籤，貼了標籤，就會有很多盲點。

在兩座山脈之間，附近多是田，剛插秧的水田，培養羅漢松植栽和南洋杉的林地，更遠一點山坡上的火龍果園和鳳梨田。一條小徑可以一直向東走到一段卑南溪的河堤邊。溪邊臥著像一隻雞的鸞山。

如果往鸞山去，會經過瑞和車站。似乎廢棄不用了，有小小候車室，有月台，有軌道，沒有看到人來人往，但可以確定是一個車站，補足了我「鹿野」標籤上的盲點。

我希望用這樣的方式認識世界，不只是紐約、東京、上海、巴黎；我也希望用這樣的方式認識島嶼，不只是台北、台中、高雄……

慢慢行走，慢慢體會，空洞的標籤周邊的盲點可以從模糊空洞變得清晰實在。

《桃花源記》和《湖濱散記》都確實清楚，但不是標籤。

數位的速度愈來愈快，風景變成標籤，人也變成了標籤，用標籤來認識風景或人，盲點也就愈來愈大。

瑞和車站再往前走，還有瑞源車站，新修過，少了小站昔日的平實素樸，好像鄉下人掛了一身假的珠寶，閃閃發光，傖俗又自卑，這是近幾年的台鐵美學。

附近有巴卡拉子部落，再過去沿著鸞山側翼可以眺望山腳下的卑南溪大河河床和河口廣闊的沖積平原。

在廣闊豐富的大自然中，我覺得離人的是非好遠，離藝術的美醜好遠。

立秋時節，綠鬱鸞山蔚藍天空上的白雲潔淨極了。

緬梔花

遠遠的雞啼此起彼落
牠們還記得黎明
記得山稜線上亮起來的一抹微紅

日升月沉
剛剛誕生的嬰兒
啼哭著
剛剛死亡的老人

二〇二〇年八月十日

安靜了
生與死
一個夜晚空氣裡都是你騷動的香氣
起床就走到院子看清晨的緬梔花

瓊花

二〇二〇年八月十二日

因為「偽出國」的聯想，打開手機這幾年出國儲存的照片，回憶出國旅遊的點點滴滴。

其實不是「偽出國」，是真的出國了，但有時倉促，一路奔忙，沒有好好善待每一處風景裡人事物的細節。「真出國」也留不下記憶，常常看著照片也還是陌生，「真出國」如同是「偽出國」，沒有什麼意義。

因為匆忙，走馬觀花，「真」、「偽」就沒有什麼差別。感謝疫情，安心不出國了，把多年旅遊的圖檔一一找出，有些記憶很深，有些竟然有點模糊了。

記憶深或模糊不證明自己認真於否，了解到風景與人的緣分都有深

有淺，有長有短。有時擦肩而過，印象很深，常常想到。有時朝夕相處，卻可能十分模糊，回憶起來一片空白。

這一朵潔淨的瓊花印象很深，是二〇一七年七月三日在北海道旭川植物園見到的，植物園到處都是花，眼花繚亂，又因為貪多，便都模糊了。

休息時，坐下來，決定不看什麼了。就在身邊，孤獨開在角落這朵瓊花，因為潔淨，一塵不染，因為獨自開在角落，忽然遇到，就彷彿久別重逢。

在數位時代，科技幫助著「偽造」，大學碩博士論文可以是「偽造」；打開大陸影音視頻，發現自己的演講竟然也有盜版「偽造」，東拼西湊，連我自己也不認識，大眾如何分辨「真偽」？著作權律師向相關單位詢問，得到答案是「這樣案例一天有兩千件」。

啼笑皆非，想到《金剛經》說：「若以色見我，以音聲求我，是人行邪道，不能見如來。」這樣「真」、「偽」不分的時代，北海道、旭川這些地名也都彷彿虛擬，觀光讓許多地名也沒有具體內容了。

一朵深藏在記憶裡潔淨的瓊花，反而變得這樣彌足珍貴了。

照片

二〇二〇年八月十三日

臉書照片有兩類，一類都是自己，一類沒有自己。我難得放一張有自己的照片，這是黃惠美傳來她和旭原的畢業照。

學生畢業照搞笑，我被抓去尷尬坐中間，我問惠美這是哪一年，她說「一九八六」，是啊，好遙遠的事，那時候自己剛過了四十歲，和二十歲的學生相處，好像沒有年齡隔閡。

我在好幾個大學的建築系帶「藝術欣賞」或「藝術概論」，東海、淡江、中原、文化，還有性質類似的台大城鄉研究所……

建築在台灣被放在理工科，但是又充滿藝術創造性，黑格爾的「美學」裡建築佔了極重要的位置。好的建築系大多重視學生的藝術涵養與

美的品味，東海建築系一開始，貝聿銘就彷彿以劃時代的標誌立下了建築精神，此後，陳其寬、漢寶德都遵循這一傳承。

建築系專業課程壓力很大，學生熬夜趕模型，評圖被批到爆，哀鴻遍野，我的課只好盡量扮演療傷的功能，讀《紅樓夢》，看費里尼，唱李雙澤，聽馬勒……

美，究竟可以陪伴一個建築青年走向哪裡？

美，究竟可以在鋼筋水泥磚木材料中讓空間有多少可以伸展呼吸的餘地？看這張老照片陷入沉思，這一班青年學子，今日多有獨當一面的建築師，黃聲遠、龔書章、郭旭原……

謝謝惠美給我美好的回憶，三十餘年匆匆過，東海校園相思樹林的光影，時時猶在夢中婆娑迷離。

無罣礙

立秋後九日，清晨五時三十分許，晨曦裡看一絲一絲的微雲向蒼穹飛散而去，沿河走到畫室，磨墨濡毫，專心寫四個字——「心無罣礙」……

寫多幾次，在同樣大小的紙上，變成「無罣礙」。

二〇二〇年八月十六日

蟬聲

二〇二〇年八月十八日

清覺寺清晨誦《金剛經》，「諸相非相」，走到庭院九重葛籐架下，一片夏日繁花，粗籐上卻留著一個蟬殼，背部裂開一線，羽化的蟬應該已經飛走，太陽升起，牠就在樹蔭高處亢奮嘶鳴了。

如果有機會看一隻蟬的脫殼羽化，大概是最好的生命功課吧……

一個新的身體從埋藏多年的硬殼中掙扎脫出，蜷縮的羽翼慢慢一點一點張開，從黏滯軟弱變得俐落硬挺，從混濁膽怯變得透明自信，終於可以昂揚飛起，飛向陽光的高處，用最嘹亮的號角一樣的聲音，布告自己的完成。

是的，所有留下來的空殼就只是一個空殼而已。

秋江

二〇二〇年八月十九日

處暑前二日，有東南風。

清晨見大河浩蕩，野渡無人。因為逆光，隔岸山腳下較雜亂的建築也都不顯。風景有入秋的潔淨。

暑熱漸止，早晚都有涼意了。

白露之前，可以重讀一次莊子的〈秋水〉，也無端想起杜甫〈秋興八首〉，為什麼他會說到「波漂菰米沉雲黑」？為什麼他會說到「露冷蓮房墜粉紅」？

總覺得「墜粉紅」像Bœhmer et Bassange珠寶商試圖販售給瑪麗・安東尼皇后（Marie Antoinette）的珠寶，有凡爾賽繁華到尾聲的點點滴滴。

或者，再看一次崑曲《玉簪記》裡的〈秋江〉，小尼姑妙常趕到江邊要買舟追上帥哥潘必正，偏偏遇到又聾又啞又裝瘋賣傻的老艄公，青春激情妄想，老邁昏瞶痴愚，就在秋天清明空闊的江上演出一齣美麗的小品。

小舟獨自橫江，妙常情慾焦慮，艄公詼謔玩世，我也已看盡繁華，除此身外，別無他想。

處暑

紫

二〇二〇年八月二十三日

畫室附近馬鞭草屬的金露花在這夏末時節盛放了，綠葉叢襯著很濃豔的紫，十分奪目。

紫色很複雜，金露花的紫偏藍，花瓣邊緣一圈淡粉或淺白的蕾絲花邊，使深豔的暗紫色顯得更炫耀佻達，甚至有點誘惑性的邪狎。

孔子對紫色是有意見的，「惡紫之奪朱」。紫的彩度強烈，比朱紅還要搶眼。但是，紫是雜色，偏藍的紫，偏紅的紫，色溫層次不同，視網膜傳達的感受也會有很大差異。

偏粉紅的紫可以很溫柔，包裝珍貴禮物的絲帶常用。紫，也可以很貴氣，有威嚴權威性，紫是羅馬帝國皇室的顏色，漢帝國也有紫綬金

印，都以紫為尊。

「紫氣東來」甚至有點仙界的神祕。

但是紫色帶藍，深沉時，甚至有憂鬱感，用得不好，可以有邪氣，覺得恐怖，也可以鄙俗。

盛夏結尾，許多紫花，紫蘆莉，大花紫薇，都是濃豔的藍紫，搶眼，不含蓄，像季節最後狂躁絕望的蟬聲。

狂躁的紫，的確搶奪了紅色花朵的光彩。孔子是懼怕這種遏制不住的絕望嗎？民間常說「紅得發紫」，色彩和情緒息息相關。「紫」有時像一種警告，讓自己在過度躁鬱前止步。

顏色本身無辜，我不會厭惡紫色，但知道在生活中慎用紫色。

筍

二〇二〇年八月二十五日

觀音山有好筍，夏天正是盛產季，當地農家常常一大早挑一籮筐，擔到河邊步道向晨起運動的人兜售。

我嗜吃筍，尤其是夏天的綠竹筍。

這些筍都是清晨從土裡挖出，帶著土，正要從土裡冒出，彎彎的筍尖，還沒見陽光，顏色淡白米黃。

我把整顆筍帶殼放在鍋裡煮，煮沸了關火，燜到涼冷，放進冰箱冷藏。

吃的時候，剝了殼，切塊，不沾任何佐料（尤其是美奶滋），品嚐鮮筍比水梨更嫩爽的口感，若有若無的淡淡的甘香，彷彿品味整座山夏天清晨悠遠綿長的滋味。

甜酸苦辣鹹，五味各有五味的記憶，濃烈五味過後，會珍惜一種淡，若有似無，沒有黏滯，沒有執著，像是莊子說的「忘」，是記憶壅塞之後的懂得了留白。

母親是經過戰亂的一代，一生顛沛流離。她也常用筍入菜，滷肉中有筍塊，魚湯中有筍尖，炒雪裡紅也搭配筍絲，彷彿都在五味中提醒「筍」的安靜，淡淡的香，淡淡的口感，不爭先，不恐後，自有品格。

透潤的青

二〇二〇年八月二十九日

再過一週節氣就到白露了。

暑熱漸退，躁動稍緩，入秋是可以學習沉靜的季節。

曾經有一位君王，看到雨後天晴後透明的青色，便期望那天空的青色可以燒成瓷器上的釉。

雨過天青，在宋代成為汝窯祕色。至今仍是世界陶瓷文明的最高峰。

宋代喜愛那青色，到處都是雨後天空透潤的青。那透潤的青的記憶，成為文人案上的筆洗，成為粉槌狀的花器，成為養水仙的橢圓盆子，成為溫酒的蓮花型水盅……

歷史上統治者愛權力，愛戰爭，愛殺戮，愛自炫，貪戀錢財，難得一個君王懂得靜靜品味秋天，專心看天空的青色，成就「美」，成就一千年文明不朽的價值。

真好，今天在河邊遇到雨後天晴的青色了。

韭蘭

二〇二〇年八月三十一日

夏秋之交，午後暴雨，草地上突然冒出顏色鮮明亮麗的韭蘭花。

韭蘭也稱韭蓮，因為多在風雨前後綻放，也被稱為風雨花。韭蘭不開花時葉細如韭菜，雜在草叢裡，不容易發現。雨前雨後，氣溫濕度驟變，一朵朵韭蘭花就綻放盛開了。

花六瓣，花瓣淺粉嬌嫩，襯著杏黃色細長雌蕊，潔淨無染。

韭蘭花的淺粉色系讓我想起康雍乾三代時尚的粉彩瓷器，非常嬌嫩的淺粉紅，有滿洲新帝國年輕的朝氣，和明朝宮廷青花的嚴肅沉重不同。習染漢族文人美學的士大夫多排斥康乾間的彩瓷，以為太過嬌豔輕浮，不夠莊重沉著。

文化太老，有時會忘了自己青春嚮往的夢幻記憶。

滿洲帝國初起的少年的美學其實有迷人之處，忽然想去台北故宮看一看久違了的康熙琺瑯彩瓷，《紅樓夢》裡應該是很以那種燦爛嬌豔做時尚追求的吧……

洪荒

二〇二〇年九月二日

在巖礁巨石崚嶒的海邊看滿月升起，大浪澎轟洶湧，說著洪荒以來的故事。

《紅樓夢》一開始就說「大荒山」，說「無稽崖」；大荒，無稽，彷彿莫須有，卻又都在眼前。

我總覺得癩頭和尚，跛足道士也還在這洪荒的風景裡，指指點點，懂得的人懂了，不懂的，繼續聽大浪澎轟，看巖礁崚嶒，一輪圓月從無遺憾冉冉升起。坐到入夜，月亮的光華使海洋這樣華麗，一片白茫茫真乾淨。

講《紅樓夢》多年，許多人說有領悟，領悟什麼？婆媳間的糾纏，

夫妻間的矛盾，事業的、情感的、健康的種種阻礙困頓……《紅樓夢》像一部佛經，也像一面鏡子，映照著洪荒以來眾生的面相，貪婪的、嗔怒的、痴愛的、計較的、憎恨的，種種執著，種種放不下……

所有的面相生滅變幻，如月圓缺，圓時忘缺，缺時盼望圓，也是永不止息的澎轟大浪，一波一波，不知道為何顛簸升沉起伏。

王熙鳳是聰明的，也會計較，判詞裡說：「機關算盡太聰明，反算了卿卿性命——」

機關算盡，最終，只是把自己推向死亡吧……

這樣洪荒以前的風景，劫毀之後，《紅樓夢》的作者應該也是看過的吧……

吉拉米代

二〇二〇年九月四日

大雨過後，富里附近吉拉米代部落稻田還是這樣翠綠，海岸山脈的山巒還是這樣篤定沉著，山頭上的雲嵐還是這樣輕盈潔淨。

沮喪的時刻一個人走到山上，坐在田埂大石上，微風習習，看雲起雲滅，稻葉翻飛，那山水裡有讀不完的故事，那風景無言無語，卻彷彿用靜定的沉默說著領悟不完的智慧。

那孤獨的年輕人，從人群喧囂中出走，走到海岸山脈高一點的地方，走到吉拉米代，眺望腳下村鎮屋宇人家，看了一下午的雲，傳給我這張照片。

故鄉無恙，年輕一代一定知道自然永恆的意義，一定知道山在，稻田在，雲在，就可以學習篤定沉著，就可以學習輕盈潔淨，自在無礙。

珍重，縱谷……

珍重，吉拉米代……

山在，雲在，還有什麼遺憾？

白露

祝福

今日白露，清晨五時許出門。氣溫二十三度，舒爽愜意。

大屯山上彤雲初起，淡淡的微紅和粉金，一朵一朵升向蔚藍天空。突然飛過一群鴿子，和雲錦一起，彷彿是天意特別賜與的恩典與祝福。

是的，災難恐慌或許就要過去，大疫蔓延，每天看著染疫和死亡的數字，低頭默哀，能不能再多一點謙遜包容，再多一點反思與自省，島嶼可以是有神佛護佑的地方，可以有天長地久的祥和福氣吧……

今日白露，我給你的祝福是雲的飛揚，和自由展翅飛起的鴿子，當然還有天空的藍，山的起伏，還有，大河浩蕩。

二〇二〇年九月七日

茄苳子

二〇二〇年九月九日

青島西路上的茄苳樹結滿了纍纍的茄苳子，顏色形狀都像龍眼，略小。

喜歡看樹上垂掛滿滿都是果實的樹，像母親身上趴著一群孩子。是豐盛的秋天，收穫季節的秋天。

小時候看到有人將茄苳子用糖漬，也有人用來泡酒，我沒嚐過，不知道滋味如何。

城市會讓居民記憶的風景，大多都要常用步行。秋涼以後，我便更多了在大街小巷走路閒逛、東看西看的快樂。

再過一個節氣，許多街道兩旁的台灣欒樹也要開花了吧……

今天看到一位醫生提醒豬牛身上殘餘的萊克多巴胺會傷害腦神經，造成人的憂鬱自毀和無端的暴力攻擊。

我還想再多了解一點，也許沒有那麼嚴重，只是很難理解，人類為什麼要給植物、動物用藥劑？讓他們自自然然成長不好嗎？你會希望自己的孩子用激素藥物快快長大嗎？

人類如果不要為了自私的商業暴利，是否可以減少很多農藥、化學激素、基因改造，違反了大自然生長的規則秩序。

兩千年前就有「揠苗助長」的故事，因為急躁，把秧苗拉長，結果秧苗都死了。

濃綠樹葉間纍纍的茄苳子給我許多愉快，可以一路哼著自己喜歡的歌走在黃昏舒適的城市，祝福這城市的下一代能避開憂鬱暴力，健康幸福的成長。

青

二〇二〇年九月十日

你想告訴我山裡看到的青斑蝶，牠們密聚在花叢裡，閃爍著黑夜長空像星群一樣的色彩。

要怎麼形容那色彩呢？

「青」是一個如此不準確的字，可能像土耳其藍，可能是孔雀綠，可能是墨玉般的黑，如同李白詩裡形容母親的頭髮「朝如青絲」。

我們要如何在視網膜兩千多種色彩裡找到「青斑蝶」的「青」？很像從兩千年莊子的夢裡飛來的翅翼，用那樣不可捉摸的色彩說著時光與空間的恍惚。

所以，必須從字典裡所有「青」這個字的定義侷限中解放了自己……「雨過天青」的「青」，「青青河畔草」的「青」，「青青子衿」的「青」，「朝如青絲」的「青」。

青春，是說什麼樣的「青」？

宋瓷裡的「影青」是什麼樣的「青」？

阻礙在視網膜前，讓視覺看不到真正的色彩，正是因為我們執著於那個文字上「青」的假象吧？

意識形態是一道堅硬的高牆，把人與美徹底隔絕。

中央部會曾經要我開一份美學書單給國小和國中學生，我猶豫了。有哪一本書可以取代一個成長的兒童或少年凝視一隻青斑蝶或一朵盛放玫瑰的專注？

在為青斑蝶找到文字定義之前，他是不是應該先經驗視網膜上找不到文字形容的感動？太早給孩子各種才藝競賽、排名次，其實是另一種

萊克多巴胺。

我們為什麼那麼急？

不能靜靜專注愛他，讓生命自然成長嗎？蝴蝶讓莊子做了一個夢，他不確定，是自己夢到蝴蝶，還是蝴蝶夢到了他。

兩千年來沒有答案的一個夢，讓人類從意識形態的思維桎梏裡解放了自己。那是一個心靈自由的夢，「莊生曉夢迷蝴蝶」，羅蘭．巴特的《鏡室》裡說了很多類似的話。

讀完《鏡室》也可以去北美館看布列松的「攝影」，知道一百年來為什麼鏡頭前只有他孤獨一人。

知本卡大地布

二〇二〇年九月十三日

白露過了，秋分將至。知本溪床裡飛起了白花花一片秋光。這個季節，不只是溪床，街角、山頭、田埂、墓地、廢棄的廠房，無所不在，都陸續隨風翻起了潔淨如絲緞一樣的秋光。

蒲葦，蘆葦，五節芒，甜根子草，許多不同的名稱，各人有各人執著，大眾喜歡用的卻是籠統寬泛的「芒花」，是這個季節隨風搖曳、浮蕩、迴旋、俯仰、翻飛的秋光。

可以隨著這一片秋光一直沿著溪床走到河口。

河口很寬，塊石磊磊，許多鳥類棲息，很多海河交界的生物賴以永續循環，魚、蛙、昆蟲、藻類……

河口濕地有生態豐富的景觀，可以留給一代一代的後來者觀察探索自然生命的因果。

但是不知道為什麼這片濕地又要被選中開發做光電板。為什麼？敬重自然的朋友憂慮傷痛，只盼望一片淨土，卻好像總是無所容於天地之間。

工業革命以後，惡性的消費資本經濟快速把地球的生態推向毀滅，毀滅河流，毀滅海洋，毀滅山林土地，毀滅原始物種，做各種基因改造，豬牛身上都有萊克多巴胺遺毒，最終，人類是把自己逼向絕路嗎？

新冠疫情，像一種反撲，嚴厲警告，人類再不慢下來，停止剝削傷害自然，前面就是萬劫不復的深淵。

已經超過九十萬人死亡，近三千萬人感染，警告真的有用嗎？或者，這樣的懲罰還不夠讓人類收起傲慢？

蒹葭蒼蒼，前路茫茫，一路隨溪走去，溪谷兩岸是卡大地布部落傳統領域，部落曾經有過高昂嘹亮的歌聲，秋光融融，還能讓止不住貪得無厭的心回頭嗎？

可以不要再砍樹了嗎？

二〇二〇年九月十四日

一棵巨大的鳳凰木，大約有二十公尺高，我每天走過去看它。

剛開始以為是一棵枯死的樹，沒有綠葉，只剩下崚嶒頑強的枝幹，在空中飛張蜿蜒，每一根線條都姿態倨傲倔強。對抗過許多次狂風暴雨，對抗過很多地震雷火，對抗過蟲蟻昆蟲侵噬，對抗過烈日寒冬，所以可以有那樣華麗莊嚴的身姿，讓後來者致敬學習。

這一株鳳凰木還活著，今天走近觀看才發現它枝梢末端竟然綻放著幾朵豔紅的花。

生命有時並不像我們想像得那樣軟弱卑微，以為枯死的樹，離開主幹二十幾公尺遠，開出了新的花蕊。我們可以為此祝福沮喪頹廢陷在自苦自憐中的生命，昂揚抬頭，看看這棵大樹。

龍應台任文化局長時，曾經編列指定保護的台北市的老樹，據說，保護條例又要修改，我心中一驚，可以不要再砍樹了嗎？視樹如仇，有一天就是視人如仇，視自己如仇啊……

諦聽

二〇二〇年九月十五日

農曆七月還剩兩天，寺廟裡的超度亡者普渡眾生的盂蘭盆會也即將結束。

廟宇裡連續幾天，誦《地藏經》、《藥師經》，讓信眾在地藏庵禮拜誦念經懺，緬懷紀念亡故親人，案上三杯素水，兩瓶薑花，別無多餘物件。和民間五光十色熱鬧的中元普渡，行事做法不同。

《紅樓夢》裡講兩名相戀女伶，一名死了，活著的藕官在花園燒紙錢祭奠，紙灰亂飛，被大觀園婆子抓住，要送主人處罰。寶玉慈悲，擋了下來，跟藕官建議，只要燒炷香，一念之誠，對方就會知道。

我把這一段寫在《微塵眾》書裡，以為是《紅樓夢》最好的片段，

可惜常常被人忽略。在寺廟幾日，我心中默念誦讀，一念之誠，相信亡故親人好友也是會聽到的吧。

地藏庵很小，每次也只十餘信眾，輕聲讀經，沒有任何喧鬧。地藏像旁有「善聽」，是白犬所化，他要隨菩薩到地獄去度眾生，所以張大眼睛、豎起靠近菩薩的左耳，認真「諦聽」。

愛緣不斷

二〇二〇年九月十六日

昨天傍晚海岸邊的金色晚雲好絢麗。像華格納〈羅安格林〉的序曲。

夕陽的光是從很遠的西邊反射映照在這片柔軟細白如絲的雲上，湧動的雲的金光又反映在太平洋波濤粼粼的水面。弦樂、管樂、高音、低音，好幾重不同方向的光的編織、折射、交疊，產生剎那間令人目眩的華麗繽紛。

時間很短，晚雲的燦爛大概幾分鐘，瞬間變滅，看見的人目瞪口呆，才剛剛驚叫，金色已入紫灰，變成黑暗。

我記得那瞬間的光華，在暗夜的角落，聽大浪澎轟，想起《阿含

經》的句子：「無明所繫，愛緣不斷，又復受身。」在無明中牽繫罣礙，愛緣不斷，所以又回來有了這肉身。因為「愛緣」，總是走得不徹底。

光的反射交疊，是夢幻泡影，然而那絢爛總讓人執迷不悟啊……

新葉

二〇二〇年九月十七日

寺廟的玉蘭花都摘下來供佛了，玉蘭樹枝梢上生出來的新葉卻也異常美麗，在清晨初起的陽光映照下，襯著湛藍的天空，青綠中帶著明亮的金色，葉脈宛然，整齊準確裁切的形狀，像一片皎潔乾淨的翡翠，托在天青色的錦緞上面。我被那對比又和諧的顏色吸引，覺得天地間滿滿都是寵愛與祝福。

那一片柔軟的新葉，彷彿可以拭去所有盲瞽者眼上蒙的翳障。

藍天下，我看見了新葉。

一樹如佛

二〇二〇年九月十九日

離開的前夜，特別繞過去看那棵大樹。

感謝他在那裡，每一天提供傘蓋一樣的樹蔭，讓烈日炙曬下的附近揮汗如雨的農民可以在大樹庇蔭下歇息片刻。

感謝他一季一季的開花，使沮喪困頓的人得到鼓勵振奮，知道生命並沒有悲苦到絕望，應當燦爛嫣紅綻放。

感謝他伸張廣闊無私的枝幹，讓南來北往的許多鳥類停棲休息，讓許多昆蟲攀爬，在椏杈間築巢做窩，有一處小小的容身之地。

感謝他讓許多藤蔓菟絲蔦蘿纏繞寄生，一同經歷風雨，也開出美麗飄曳的花朵。

在闃暗沉靜的夜空，他像巨人兀自挺立著。

感謝有人這樣細心打不強烈的光照明，讓一棵荒野裡的大樹即使在夜晚也有了可以被人看到、被人讚歎的生命壯麗宏大莊嚴的姿態。

我合十敬拜，知道一樹即眾生，一樹可以如神，一樹也可以如佛。

帶你看壯麗風景

二〇二〇年九月二十一日

你走到雨後的山裡了，山坡上的梯田還積著水。雲像瀑布從山頭傾瀉下來。

多麼希望你可以看到那如同溪谷間飛瀑急湍一樣的雲嵐的流蕩飛濺。

行到水窮處，是可以看到雲的升起飛散啊……

從海岸山脈過去，我以為還是池上，雨恩看了照片，告訴我這一片土地是吉哈拉艾部落，已經屬於花蓮縣的富里了。

是的，台東最北的池上和花蓮最南的富里是相連結的，我常常去這兩地的「邊界」吃飯，也知道有年輕人從都會回鄉，挽起袖子開始種父

祖種過的田。

當地的年輕朋友也與教會一起努力，保護下了一座美麗的教堂，有尖塔，有藍色尖拱窗框，有巨大的波蘿蜜樹，垂墜著碩大的果實。

地球上有不相連接的山脈嗎？

地球上有不相連接的海洋嗎？

宇宙間有不相連接的天空與星辰嗎？

縱谷的朋友愛自己的土地，愛自己的部落，愛祖靈為我們世代守護的山林溪澗，雲嵐與星辰，日升月沉，我們聽風聽雨，還要為以後的世代繼續守護這片美麗的家園。

有一天，一定要帶你來看這裡，吉哈拉艾，看雨後雲瀑流瀉的壯麗風景。

秋分

少年時讀著哭過的童話

二〇二〇年九月二十二日

庚子九月二十二日，夜晚九點三十分交秋分。

遇到寒林裡一隻孤單的鳥，棲息林間，牠或許知道節氣變化，知道一日一日的秋風時至，知道一夜一夜的寒涼增長，知道花葉自此飄散零落，陽光一點一點移轉消失。

友伴或許都已南遷，只剩下牠一個，像王爾德童話裡獨自留下來的那隻燕子。

牠在快樂王子高高的雕像肩膀上，眺望著城市孤獨者、受苦者、貧病者的身影，牠要替快樂王子取出身上珍貴的寶石黃金，用小巧的喙啣著，送到需要的人身邊。

璀璨華麗的王子雕像最後只剩一堆醜陋的土胎，腳下僵臥著延誤了飛向溫暖南方的燕子的屍體。

少年時讀著哭過的童話，今日秋分忽然又在眼前。記得燕子身上有一水滴，牠抬頭看，以為是下雨，結果發現是王子的眼淚。

定光

二〇二〇年九月二十四日

二〇二〇年九月十九日下午，在雲門劇場看鄭宗龍和舞者排練舞作《定光》，結束的時候舞者和觀眾合照，留下這張照片。

林懷民退休的時候說：「接下來是鄭宗龍時代。」

不到一年，舞台上多了很多新的舞者，我沒見過，叫不出名字。他們身體的動作我也不熟悉了，許多過去看雲門的慣性忽然會卡住，「咦，怎麼這樣……」

「美」其實是有慣性的，慣性會成為規格，規格一成不變，就慢慢僵化，阻礙新的可能出現。

看到「鄭宗龍時代」的雲門，很開心，一個超過四十六年的團體可以用全新的面貌和觀眾見面。

「定光」是「錠光佛」，我習慣稱為燃燈佛。《金剛經》有提到燃燈佛，祂是釋迦牟尼的老師，釋迦牟尼成佛以前，有一世是善慧和尚，曾經借了花獻給燃燈佛。北印一帶也常有雕刻表現善慧五體投地頭髮鋪在地上，讓燃燈佛踩踏過去。我對燃燈佛的故事極感興趣，改寫在我的《傳說》一書裡。

我最好奇也最不解的是，《金剛經》裡談到釋迦牟尼從燃燈佛「授記」，燃燈佛開示了善慧，跟善慧說：「汝於來世當得作佛，號釋迦牟尼。」所以，燃燈佛一切都知道，知道面前這青年善慧和尚來世要成正果，修行成佛。

我不解的是，《金剛經》裡釋迦牟尼卻告訴弟子須菩提「我於燃燈佛所一無所得」。

釋迦牟尼很篤定告訴須菩提，如果「有所得」燃燈佛就「不與我授記」。

這個老師很異類，學生說「一無所得」，祂才讓學生畢業。

我要如何知道《金剛經》裡燃燈佛開示後來者的智慧與胸懷？

看完《定光》排演，很盼望看完整的演出，希望看到燃燈的光，一火千燈，一火萬燈，世世代代，千萬燃燈，而火從不曾減少。

這張照片前排都是新舞者，他們真是好看。我就坐在他們後面。

海港

二〇二〇年九月二十六日

今晚的碼頭不熱鬧、不繁華，令人意外的寂靜。

海灣裡泊著起起落落的漁船，船舷彼此摩擦會有吱吱嘎嘎的聲音，像沉悶的獸的喉嚨裡，憤怒委屈的、低低的哭嚎嗚咽。有點像街角燈下的薩克司風，吹著像是上個世紀荒腔走板的調子，然而這麼適合這個街角，適合這個白露過後，不知道什麼原因日漸荒涼的海港。

夜，可以更糜爛、更荒涼、更無處可歸嗎？如同港都古老歌曲裡漂泊流浪悲憤男子大醉後，沙啞哽咽的哭聲。

我要走到哪裡去？他一再問自己：我要走到哪裡去？

哈瑪星廢棄的火車軌道間，閃著新裝置的寂寞燈光，還有停置不用

高雄
Seafood

的上個世紀曾經冒噴黑煙的火車頭。

你記得那長長一列火車清晨從台北站出發，一路走走停停，慢到可以趴在車窗上看田裡水牛搖擺身體緩緩走著，那樣緩慢搖擺的速度，什麼時候才走到終點啊……

入夜以後，火車緩緩進站，扛著背包來南方城市服役的青年在月台上列隊。嘹亮的答數，踏步出發，「嘶——」火車頭忽然冒出像洩了氣的皮球的聲音，好像一聲長長長長的嘆息。從上個世紀到這個世紀，每次走過港灣碼頭，你都又一次聽到那嘆息的聲音，長長的五十年的嘆息……混和薩克司風的荒腔走板一起。想起遙遠的月台上，母親愈來愈模糊的臉，使你總又記起每個夜晚港都鬱熱潮濕、熱淚盈眶的夢。

記得在拆船廠邂逅的你，在一堆鋼鐵的齒輪、扳手、零件之間，你說：「我找一盞燭燈，不怕風吹熄的燭燈。」而我手上正拿著一把可以鎖在牆面上不怕大浪搖晃的黑漆電扇。

你在哪裡？

刺青褪色了嗎？

還在勒戒所？

五十年過去，在街角聽上個世紀的薩克司風，如果睡去了，懷裡應該擁抱著你的不怕風的猶有溫度的燭燈吧。

我們都以為很知道要熱烈的愛，然而應該年輕的城市如此的荒涼了。我們是不是在走向愛的路上放置了太多防範猜忌的障礙？一步一跌，鼻青臉腫，走到愛的前面，其實已如此筋疲力盡、狼狽不堪了啊……

能不能有單純初心？

能不能素面相見？

今夜荒涼，我為何又繞回到這和你告別的街角？

《棄貓》

二〇二〇年九月二十八日

你在港灣夜遊，一遍一遍，走過廣闊無人的碼頭。港灣裡遠遠近近停泊著巨大的船隻，遠航歸來，或正要啟程遠航。

繁華又荒涼的夜晚，好像睡一覺醒來，眼前一切，就會全部消失。這荒荒的夢裡的風景，你恐慌那消失，便一直繞著港灣夜遊，不敢睡去，甚至不敢眨眼，怕一眨眼繁華都會瞬間成空。

但是什麼不會成空呢？有什麼繁華最終不走向宿命的荒涼？

一朵奇異的雲，像小時候的棉花糖，又甜蜜又虛無，懸在半空中，總是保持著夢裡可望不可及的距離，捨不得離開，捨不得放棄，就在眼前，卻又咫尺天涯遠。

你一定想到我喜歡的美國上個世紀的畫家愛德華・霍普（Edward Hopper），他畫過《夜遊者》，一群圍繞酒吧櫃檯的夜遊者，在昏暗的燈光下像沒有魂魄的肉體，被寂靜冷凍在透明的玻璃裡，彼此都聽不到對方的聲音，感覺不到對方屍冷的體溫。

霍普為什麼總是畫《夜遊者》？戰爭打到美國邊境，強大霸氣的強國彷彿忽然看到自己空洞虛無的內在，徒具軀殼的身體，在繁華又荒涼的夜晚巡遊，夢囈裡的光線，夢囈的肉體，夢囈的雲，夢囈的港灣或酒吧，夢囈的我們的愛或是慾望，剩下沒有人懂的喃喃自語的獨白。

你靠著我的肩膀，說：「我累了，可以不再夜遊了嗎？大船何時起錨揚帆出航？」

這個港口曾經是帝國佔據為南侵的據點，島嶼的青年一船一船運送到幾內亞、馬來、呂宋，被強迫身上綑綁地雷躺美軍的戰車。用殖民地軍伕的肉身完成帝國偉大的戰爭。

一個老年的倖存的軍伕告訴我，他倖存的原因是他懂機械，隨時要修車，所以不會身綁地雷被派去躺在戰車下。

生命的倖存有我們不知道的原因。

我讀著村上春樹的《棄貓》，讀著他曾為京都寺院僧侶的父親被徵召當兵，在中國戰場看中國兵俘虜被刺殺，據說那是訓練新兵膽量最快的方法。村上又僧又兵的父親看俘虜被斬殺的時候，日本發動珍珠港突襲，霍普畫《夜遊者》。

許多因果是我們不能知道的，港灣天空那一朵雲當然不會無緣無故懸在半空。

讀過村上大部頭的《世界末日與冷酷異境》，《棄貓》這小小的寫父親的回憶，樸素平實，卻給我更多震撼。

從戰場倖存歸來，村上父親每天清晨都在佛前誦經，死去的或未死去的都一起修行著戰爭的悲哀。

你知道發動販賣戰爭的罪愆要延續給子孫幾世幾界的痛苦？

斑鳩

二〇二〇年九月三十日

秋分寒露之間特別喜歡走路。

今年暑熱退去也特別早，島嶼的河床裡都是芒花了。過高屏溪的時候，看到大片大片新開的芒花飛揚，彷彿季節給天地的驚歎。

今年是不好的一年嗎？許多人都傳言著「庚子」的凶險災厄。

想起偶遇的年輕人眼中的恐慌，他總說自己命盤裡不是「破」就是「殺」。「度一切苦厄」，我認真讀經祝禱，祈求眾生再大的災厄都是可以度過的。

十萬人死亡的災厄，二十萬人死亡的災厄，五十萬人死亡的災厄，現在已是超過一百萬人死亡的災厄，可能將是四百萬人死亡的災厄。

我們真的能度過災厄嗎？

我們何時才能度過災厄？

我們要如何度過災厄？

島嶼的眾生普遍有一種踏實生活的謙卑，像偶然走過的街邊在樟樹上隱身棲息的小小斑鳩。牠甚至不想驚擾我這個憂心忡忡的過客。然而我看到牠了，因此停下來，理解敬拜一個小小生命在城市街道旁棲息存在的謙卑。

如果一百萬人的死亡仍然不能喚醒人類從心靈最深處對自己傲慢的反省，我可以從一隻斑鳩的謙卑開始我新的功課嗎？

「眾鳥欣有托，吾亦愛吾廬」，陶淵明說了生活裡最簡單也最平凡的事，每隻鳥都有棲身之所，我也愛我的家。

我是不是妄想太多？

我是不是佔有了太多多餘物質？

我是不是停止不了自己的貪欲？

我是不是和電視上誇誇其談的權力者相差無幾，五十步笑百步，如此傲慢而無自覺？

我能再認真理解幾乎不容易發現的這行道樹上小小斑鳩簡單生存的謙卑嗎？

或者，我和許多權力者一樣，只是把「謙卑」掛在嘴邊，把「謙卑」作為自己傲慢的裝飾？

把自己一步一步推向災厄毀壞的豈不正是這日復一日沒有反省的傲慢之心？

在綠蔭圍繞的大樹間，這隻斑鳩恬靜自適，彷彿靜觀人類在災厄面前還要何去何從？

阿西西的聖方濟在城市廣場赤裸身體，把脫下的衣物還給父親，他說：「我把衣物還給你，這身體要榮耀神。」

悉達多半夜出城，斷截去頭髮，走向六年的苦修。耶穌在耶利禾走向荒山，四十日夜不與人言語。

信仰者都從自身傲慢的斷絕開始第一步的修行，中世紀歐洲「傲慢」是「七宗罪」之一，信仰者或許都意識到把人推向災厄毀滅的正是傲慢……不是指責他人傲慢，是徹底反省自身難以根除的傲慢。

這隻斑鳩，容易錯過，容易忽視，今日有緣，看見了，心存感謝。

橙黃緋紅

二〇二〇年十月三日

也許應該在這個季節想起詩人的提醒：「一年好景君須記。」他記得的是「橙黃橘綠」，我記得的是「橙黃緋紅」。

下過一陣小雨，秋分到寒露，一日涼似一日了。

緋紅的花瓣凋落，橙黃的蕊芯像這幾日澄淨清晨初日的明亮熠燿。蕊芯裡藏著初結成的蓮蓬，蓮蓬裡躲著一顆一顆飽滿圓實的蓮子。

荷葉上留著的透明滑溜雨珠也都不能不記得，每一滴雨露都好，也都應該被記得。

在超過一百萬人死亡的時刻，靜看自然中的生死，花開花落，結成果實種子，檢查自己身上未盡除的驕矜傲慢，反省自己不克自制的偏執狂躁，靜觀愛恨，在眾生的受苦前要一日一日學會懂得低頭讀經的意義。實無一眾生得滅度……

所以，應該僥倖自己的倖存嗎？

所以，應該幸災樂禍任何一眾生的感染或死亡嗎？

在喧囂著無所不用其極的心機狡詐鬥爭的凶險波濤的大海，如何一念單純，度一切苦厄。

因果是愛，因果也可以是恨。愛如花開，恨也可以結果實纍纍。

菩提樹下，他說：於一切有情無嗔愛——

所以，恨要了結，愛也要了結。他是那三千萬人染疫者中的一人，不是數字，是真實的眾生，我便要為他讀一次經。

一年的好景，橙黃、緋紅、橘綠，都好，有一時的緣分，緣分或深或淺，如果無貪無痴，也就無罣礙，無牽扯，無無明的糾纏綑縛。

淡遠

二〇二〇年十月四日

主人在茶室插了一些秋天的樹枝，枝葉在光影裡搖曳，白粉牆上就投射出濃淡深淺不一的墨暈，很像明代最富創意的水墨畫家徐渭的《雜花卷》。

水墨傳統一直和歐洲的蛋彩畫、油畫不同。蛋彩、油料都試圖凝聚顏料，水墨的追求卻是漫漶暈染，追求層次上的淡遠。

濃淡深淺不一的墨暈，像歲月久遠後留在牆上的水痕，斑駁漫漶，淡到不容易察覺。是時間的記憶，也是時間的遺忘。

對歲月無記憶，對歲月只有自我太強的愛憎執著，都不容易體悟水墨的淡遠。

徐渭的生紙潑墨，愈淡處愈見功力。

創作者靜觀記憶深處，歲月流逝，無驚無喜無憎無愛，淡淡的悵惘，船過水無痕，知道愛憎驚喜都只是自己妄想，便不執著於形相凝聚。

想把看到的視覺記憶一點一點遺忘，靜坐觀想，幻相就只是幻相，漫漶散去，沒有驚喜，也無愛憎。

與徐渭品茶，一兩句對話，下午光陰就這樣過了。

寒露

含笑

寒露，清晨到清覺寺禮佛。

寺院中的老含笑開得極好。一朵一朵象牙黃的花蕾，疏疏落落，隱密躲在濃鬱的綠葉間。花瓣小心翼翼重疊包合著，含著笑，彷彿害怕一太過張揚，喜悅的香氣就要立刻散去。

生命慎重內斂，珍惜自己，內含的芬芳就悠長久遠，耐人尋味。

含蓄，內斂，寒露之後，正是適合學會收斂的季節吧！

謝謝含笑提醒我什麼是「飽含生命的氣息」。

二〇二〇年十月七日

血桐

二〇二〇年十月八日

不知道為什麼，看著一片血桐的葉子很久。

找到中心點，看每一根葉脈的分布，有很規矩嚴謹的秩序。主要的幾條脈絡之外，還有分布著更細微的旁支。像我們的心臟，像我們的肺葉，也一樣有著這樣嚴謹規矩的脈絡秩序結構吧？

古人說的「格物」，是不是這樣不含任何主觀成見的觀察？

如果是植物學家，應該可以觀察到更深入的葉脈與輸送水分，或者，葉片與日照光合作用的關係吧……

如果我先有了成見，先有了好惡，先有了結論，會不會沒有辦法冷靜客觀做細節觀察？

有人說我們在「後真相」時代。因為資訊快速、繁多，人無從選擇，急於下結論，慢慢少了「格物」的耐性。沒有格物做基礎，知識常常只是情緒與成見的好惡，省略了自我觀察、沉思、判斷的過程。

「後真相」時代，快速拾取聳動簡單的結論，每一個結論是一個標籤，標籤貼在自己身上，也貼在別人身上。利用社群媒體，一呼百應。貼了標籤，只相信自己要相信的「真相」，無法溝通，沒有對話，看似「真相」很多，各說各話，其實也就可能沒有真相可言。

愈來愈害怕快速下結論的人，愈來愈害怕強迫別人接受自己是唯一真相結論的人。

從「標語」的時代長大，滿街都是「反共抗俄」、「三民主義統一中國」、「做堂堂正正的中國人」……到處是標語。一直到巴黎讀書，二十五歲了，走在街上，忽然看不到標語了，覺得莫大的自由，才從標語解放，認真思考自己要什麼，不要什麼。

標語、標籤，意義究竟何在？

很難想像巴黎街頭忽然到處出現「我是××人」的標語口號。蠻橫不容討論的口號、標語，愚弄了一整個時代頭腦簡單的民眾，我們還要再製造口號標語，我們還要人民大眾被口號標語牽著鼻子走嗎？

我只想回來細看這一片血桐樹葉，可能是上億年形成的偉大耐人尋味的生態。

韭菜醬

二〇二〇年十月十日

台灣的大街小巷常常隱藏著令人驚訝的文化傳承，以小吃來說，許多是米其林的二星三星也無法比擬的。

這家台東偏鄉的小店，蔥油餅極好，全部現做，外鬆脆、內柔韌，都會已長久吃不到這樣爽口有嚼勁的蔥油餅。

一張現做的餅，三十元，對切成四片。最讓人驚豔的是免費的韭菜醬，細韭菜切丁，可能捏了一點鹽，抹在蔥油餅上，滋味無窮。

每次吃都驚訝這樣的搭配，是如何費心料理出來。店裡客人多，店主一家三口，忙裡忙外。偶然稍閒下來，才會教客人如何把韭菜醬抹匀在蔥油餅上，搭配著吃。

性急粗心的客人常常吃了餅就走，撂下韭菜醬，看到很替他可惜，少了人生一道美好滋味。

有一天去得晚，客人散了，主人不忙，我才問：「這韭菜醬怎麼這麼好吃？」

主人微微一笑，知道有人識貨，就告訴我：「沒有祕訣，就是一定要選在地的原生韭菜。」

我恍然大悟，小時候韭菜的辛香，都是母親院子種的新鮮韭菜。曾幾何時，韭菜細葉「改良」成寬葉，又長又肥大，長得很快，卻也失了香氣。

為什麼免費的韭菜醬要這麼花心思挑選？為什麼沒有利潤還可以這麼講究認真？這可能是繁華奢侈好做表面功夫的都會商業頭腦無法理解的邏輯吧？

因為萊克多巴胺豬要來台灣了，我因此常常問自己：人類為什麼要用藥劑催生植物動物，改變基因？說得直白，會不會也就是為了快速賺錢？

然而，惡性的市場經濟，賺不應該賺的錢，毀壞自然、毀壞人體健康，失去真實生命的品味，所為何來？

慶幸在島嶼的偏鄉還保存著讓人安心的素樸本質，但是政治助虐，都會奢華虛假價值變本加利，排山倒海而來。看著這一盤台灣原生種韭菜醬，心中慨嘆：這安靜美好的庶民家常生活能夠阻擋多久？

入秋

二〇二〇年十月十一日

知本欒山的欒樹從黃花結了紅色莢果，紛黃駭紅，使一片向陽的山坡在日光照耀下顯得異常繽紛。

如果不是入秋的花果變化，遠遠看著，其實無從知道有這麼多原生種的欒樹。

季節自然運行，每一種生命各有燦爛綻放的時間，看別人開花風光，也都不急，躲在別人認不出的角落，安靜等待屬於自己的時刻。

這一片山坡的繽紛讓我想到日本入秋後的山景，曾經在高野山看過，也是寒露霜降之間，楓、槭開始由黃轉紅，像織出的錦繡，令人流連讚歎。

日本的賞楓已成一種儀式，也形成巨大的商業炒作，牽連著旅行業、餐飲業、旅館、交通業者一大批商業鏈的生存。新冠疫情無預警地讓一切慣性的操作停止，此時高野山的楓葉也剛剛初黃要轉紅了吧？

如果不是疫情，我大概也已在賞楓的旅途中，或正計畫啟程。

原來人有很多選擇，也有很多可能，有時候商業宣傳力量很大，不知不覺跟著走，對抗不了社會潮流慣性，以為非這樣走不可。

疫情像一種天意，讓自己停下來，重新思考。不出國，不去日本，不賞楓，往東部山裡荒遠處走，好像正遺憾今年看不到楓紅，面前就遇到一片有緣的美麗欒樹，紛黃駭紅，和楓葉一樣燦麗美好。

多事

二〇二〇年十月十二日

今天在清覺寺禮佛，很開心，寺廟裡新換了野薑花。大殿裡浮動著一縷一縷濃郁的香，禮佛時也覺得佛就微笑端坐在潔淨雪白的花叢上。

昨天晚上看到路人辱罵一條狗，不知道為什麼那樣憤怒，言詞粗鄙，詛咒殘酷，我真心希望那條狗聽不懂人的言語，但牠應該看懂人的憎惡、猙獰表情吧。

突然如陷無明，彷彿知道這狗前世惡吠過人，今世要有這樣的因果嗎？

薑花與佛都無言語，因此多事，在佛前為那人與狗讀了一段經。

想跟你說

想跟你說昨天都蘭山上的晚雲——
想跟你說天空的潔淨——
想跟你說雲如何拖長迆邐像自由自在嬉弄身體的孩子——
想跟你說神蹟似的光，在雲朵上綻放——
你一定可以更愛這裡的風，無所侷限，無所束縛，讓每一株樹都確定

二〇二〇年十月十三日

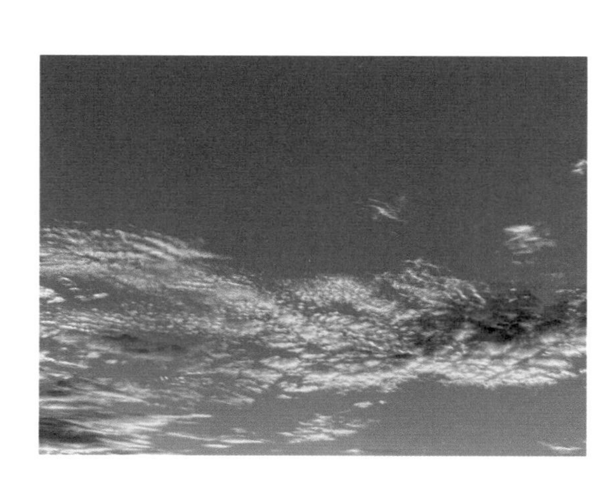

自己存在的意義，在成長中感謝風，感謝陽光，感謝雨水，感謝土地和四時的星辰……

自畫像

二〇二〇年十月十五日

秋涼以後，很適合讀村上春樹的《棄貓》。

作家在盛壯之年，寫《世界末日與冷酷異境》，寫《挪威的森林》，看到如花綻放的才華，悠遊在藝術創作的奇想表現裡，處處拼貼華麗又詭異、頹靡傷痛又帶著身體溫度的視覺意象。

二〇二〇年，村上過了七十歲，畫過了許多畫的畫家，忽然坐在鏡子前，凝視端詳自己，詢問自己：我可以好好畫一張認真的自畫像嗎？

自畫像需要的不是技巧，相反的，可能是放棄技巧，回到最平實的語言，回到最素樸的心，寫一生沒有好好面對的自己、自己的父親。寫父親戰爭歸來每個清晨佛前的靜拜沉思。寫一隻因為懷孕要被遺棄的貓，寫那個遺棄在海邊的孤獨紙箱，寫父子急忙騎車回家心裡的愧疚？「怎麼這樣遺棄生命啊？」真正的文學最終都回頭凝視自己，詢問自己：「怎麼這樣遺棄生命啊……」

很簡單的一本書，很容易讀的一本書，卻是在這即將霜降風寒颯颯的季節給我最多感懷的一本書。

走過許多虛浮繁華，目迷五色，創作者最後面對的卻一定是一張誠實的自畫像吧……

村上終於畫出來了，這樣初老的心境，正是這個季節的秋聲，秋水，秋風，我一句一句慢慢朗讀，聽喧囂熱鬧繁華都過了之後，那靜定沉澱的秋天的聲音。

1992.1.31
London

桂花

二〇二〇年十月十八日

秋天是桂花的季節，桂花在視覺上不搶眼，花形不大，色彩也不特別奪目。躲在樹葉間，不容易發現。

點點，顆顆，粒粒，小小的，不在視覺上爭勝，桂花卻有它嗅覺上不可取代的獨特性。

秋風習習，風裡一陣一陣若有若無令人酣醉的甜香。即使四處尋覓，可能什麼也找不到。然而總不死心，因為嗅覺這麼確定，那是桂花的香，淡遠悠長，沒有其他的香味可以取代。

嗅覺比視覺的記憶更纏綿、更久遠，像擁抱過的一次愛人的體溫，可以陪伴你度過好幾世暗黑甬道的荒涼。

我在日本有馬看過比較豔的丹桂，在杭州看過璀璨的金桂，但更喜歡米白雅緻細小的一般桂花，開在平常人家，無一點喧譁囂張，靜靜安分為秋天的尋常巷弄增添一段喜悅。

你看，走過的路人都四處張望，頻頻回首。

桑布伊

二〇二〇年十月十九日

剛從知本卡大地布部落回台北，在雲門聽桑布伊唱歌，他的歌聲裡有山谷沉厚遙遠的回聲，也有知本溪清冽潺潺的流水聲。

山川孕育了人文的精神，在沒有汙染破壞的清淨環境成長，人的身上就帶著自然的魂魄。

桑布伊有一首歌是吹口哨，他說，在部落裡，族人希望有風來，就吹口哨。他說，媽媽用木杵舂小米，舂完小米，用篩子篩，希望有風幫忙吹去小米的殼，這時就會吹口哨。

他的口哨真好聽，是呼喚四方的風的聲音，是我在知本大山長谷裡聽到長風幾萬里的聲音。

一代一代外來強勢的文化都沒有真正傷害到島嶼部落與自然悠長美麗的對話，桑布伊，讓島嶼再一次聽到呼喚風的靈性之歌。

擠在都會爭吵，相互辱罵，不如走出去，聽大山大海呼嘯，聽日月星辰流轉，不囂張、不傲慢、低下頭，靜靜地聽，都還聽得到。

箝

二〇二〇年十月二十一日

在市場看到這個畫面，忽然想起母親，或者那緩慢講究精緻時代所有的母親。

她戴著老花眼睛，手裡拿著一片豬皮，右手一支鑷子，正專心翼翼，把豬皮裡的毛一根一根箝出來。

是的，以前的食物好吃，潔淨、營養，是這樣認真在生活裡慢慢經營出來的。

我看過現代的肉販用火焰槍燒豬皮上的毛，當然，豬皮裡的毛根都沒有剔除乾淨，還在肉裡，也一樣吃到人的肚子裡去。

講究、精緻、慢，逐漸遠去成為神話，市場人來人往，很少有人注

意這畫面，年輕人看到也似乎不知道這是在做什麼。

快速、急、粗糙，文明在生活裡一步一步淪喪而不自覺，其實不是蓋幾個空洞「文化中心」救得回文化的。

「鑷子」是一個物件，「箝」是一個動作，文明喪失了這動作的能力，手的能力退化，也是思維的退化，也是心的退化。

小時候幫母親箝出豬皮裡的毛，學習專心、耐心，在針尖一樣的毛孔裡箝出一根一根的毛，生活裡事事有敬，生活裡事事都是學習，是手的學習，也是心的修行，沒有空洞的教條。

手機的時代，要如何救回人類自己的手？要如何救回人類自己的心？

霜降

七等生

二〇二〇年十月二十七日

海河交界的風景是多變的，因為潮汐來去都很洶湧，漲潮時像萬馬奔騰，盈耳都是轟轟的澎湃，驚天動地。

退潮的時候卻異常安靜，水波悄悄在河灘泥濘細沙間溜走，無聲無息，像自己身上的歲月。

海河交界，可以動，也可以靜，可以咆哮憤怒，卻也低迴溫柔，無緣無故就惋嘆纏綿起來。

海河交界，色彩也很多變，漲潮的時候，蔚藍的海水一綹一綹湧進來，濁黃的河水就一波一波退到岸邊。濁黃的河水多帶著上游山裡的泥沙，和澄淨藍色的海水每一日都用潮汐對話。

我曾經擔心過海河交界的兩岸過度開發，許多雜亂的建築不斷無節制增長，像都市的惡性腫瘤，破壞了海河的寬闊美麗。但是，還好，秋日大潮洶湧，又覺得人如何自大，還是渺滄海一粟。遠觀的時候，就發現真正的風景依然大氣磅礴，有一天反撲，小小的人的雜亂也還是會被收納進自然的秩序中去吧。

霜降後一日，七等生走了。他曾經是我迷戀過的作家。大學時讀《我愛黑眼珠》，震驚於七等生筆下的台北可以一夕間洪水暴漲，淹沒著繁華城市，書中的男子倉皇和城市居民一起避難，爬上高樓屋頂，看著不幸者墜落洪流，瞬息惡浪捲走。

七等生總是寫災難裡人擁抱著的身體，很像伊岡．席勒（Egon Schiele）的廢墟上的人體。那是上個世紀六〇年代的島嶼城市，繁華裡交錯著毀滅，七等生、陳映真，都書寫了那個時代莫名的落寞感傷。

我曾經請七等生到我的大學演講，努力宣傳，來了不少學生，滿滿一堂，然後像耶穌一樣的七等生坐著，一語不發，很久很久，他微弱地說：「今天不想講話……」

校園裡很久傳揚著這故事，當笑話談，或憤憤然以為神經病。

不知道為什麼忽然想念起七等生，想念起那個時代，可以這麼決絕說：「今天不想講話。」

有一天島嶼遺忘了七等生也沒有關係，他並沒有想要被記得。他說，我是無政府主義者（anarchism）。陳映真最早的小說《我的弟弟康雄》也在日記裡說：「安那其。」

離「安那其」很遠了，名字希望被記住，希望刻在石頭上，都離「安那其」很遠了，所以七等生走了。

聽說他遺囑海葬，所以會有時隨潮汐回來嗎？

相思

二〇二〇年十月二十九日

秋天山上的相思樹，枝幹如夢般悠悠長長伸展，葉片重重疊疊，光影迷離錯落，在風中微微搖曳晃動，好像自己跟自己說著午後說不完的話。

疫病沒有停止，在所有驕矜、自大、幸災樂禍的喧鬧狂妄城市裡繼續蔓延。病毒彷彿安靜隱忍在最看不到的角落，不知道他何時來，何時去，人類對他一無所知，大眾繼續隨政客口沫橫飛信口聒噪，病毒便彷彿藉著那肆無忌憚狂妄飛揚的口沫快速蔓延擴散。

口罩或許要永遠戴著了，也好，為了防止病毒擴散，也為了世界可以更安靜一點嗎？

竟然聽得到秋日午後山上相思樹葉葉片在風中窸窸窣窣的對話了。

印記

在朋友家看他的收藏，看到一方熟悉的印記，忽然緬想起那個時代。

東方的書畫裡有閱讀不同時代印記的快樂，因為一方印，歷史可以回溯，帝王的富貴，宮庭的華麗，畫苑的人才濟濟，富足安定的繁華，昇平而優雅的時代，看著那飛舞的雙龍，張牙舞爪卻不粗暴，彷彿圖案設計，卻又變化多端，線條的韻律活潑生動。

看了很久，那硃紅的雙龍，像娓娓訴說著遙遠的一千年前故事，一夕間的國破家亡，繁華如夢，不知道皇室上百人被俘虜去北地的時候，蹉跎於流亡途中，帝王的身上是否還攜帶著這方印章？

二〇二〇年十月三十日

許多雅緻的書畫上有這方印，是研究者考證真偽的依據。如果不是為了考據，那硃紅的印其實很像身上的胎記，像前世痛過後仍然不平復的一抹血痕；在肉身走後，猶留在書畫上，停留在不肯輕易漫漶毀壞的紙絹上，如此頑強，對抗著時間，在時間裡成為久久無法逝去的魂魄。

我們也都有自己的一方印，忽然想起所有逝者的印，是否也都隨肉身灰飛煙滅了。

秋浦

貪看白鷺橫秋浦，
不覺青林沒晚潮。

這是蘇東坡晚年在海南島寫的詩句。
剛好是秋天，走到河邊，也遇到大潮，潮水一波一波，淹沒了青翠的紅樹林。
不知道為什麼秋水如此蕩漾，我也停步，貪看白鷺覓食。
因為兩句詩，時間彷彿重來，那個貪看白鷺的流放者，不知不覺，潮水像自己身上的時光，瞬間淹沒了青春。
詩句並不遙遠，詩句常常就在身邊，就在眼前。

二〇二〇年十一月一日

畫山水

二〇二〇年十一月二日

一直有一個夢想：要畫出島嶼東部令人讚歎的山與海。

試過水墨，也試過油畫，試過布，也試過紙。

最近放手用各種材料，一種法國製的襯紙棉布，可以粗獷也可以細緻，可以拉線條，也可以堆疊色塊，很順手，就試著把碳精筆、壓克力、粉彩、水墨一起混合著繪畫記憶裡忘不掉的島嶼東部大山。

大約是兩公尺長寬，要用全身去勾勒，畫到氣喘，全身是汗，但真開心。

材料或許不是干擾，是東部的大山的連綿不斷，要在畫布上騷動、顫慄、頑強站立起來。

可以把自己的生命許諾給一條這樣的山脈嗎？

我們的身體原是一幅永恆的山海風景，像盤古倒下去的身體，大地田土，山脈起伏，叢林如毛髮，岩石峻嶒骨骸，血脈流成迢迢長河，淚也要如清溪潺潺低泣，或海波蕩漾嚎啕……

那是菲律賓板塊和歐亞大陸板塊上億年擠壓的結果，焦慮、恐慌、熱烈而不斷運動的大山，從太平洋最深海溝處升起的顫巍巍的悸動渴望，像大山與大海的劇烈交媾，在峰嶺波濤高潮之中纏綿的擁抱和撞擊，在一世一世大地震與大海嘯的毀滅裡存活著，生殖一代一代可以愛也可以恨的子民。

我夢想畫出島嶼東部的大山大海大地，沒有被毀壞、汙染、糟蹋，勇敢對抗扭曲、對抗壓抑的真正風景。

月光

二〇二〇年十一月三日

霜降後十日，月圓，在島嶼尾端的旭海，看山稜線樹梢上漸漸亮起來的月光。因為沒有光害，月光的亮顯得驚天動地，又想起王維詩句說的「月出驚山鳥」，是的，我聽到鳥的啞啞叫聲，牠們也彷彿從宿世沉闇無明的懵懂裡恍惚驚醒，看著自己的影子驚叫著。

青葙

二〇二〇年十一月五日

在排灣族舊麻里巴部落看到很美的青葙，白色和紫紅的搭配也像部落傳統的衣飾織染，人總是從自然中學習，做很多美的功課。

記得「青葙」這個名字，記得島嶼許多部落與自然對話的久遠傳統，記得那些繽紛的色彩，來自山野原生植物的色彩，燦爛奪目，成為優秀族群身上不朽的編織印記。

部落的傳統是色彩的記憶，是歌聲，是舞步，是敬重天地山川的儀式；島嶼可以找回這些記憶，尊重這些記憶，傳承這些記憶嗎？

立冬

雨過天青

立冬，從牡丹灣走舊南迴經太麻里去台東。

颱風剛過，驚濤駭浪之後，太平洋平靜如一張新展開的絲綢。

雨過天青的優雅沉靜細緻，使人想起《紅樓夢》裡賈母存在庫房裡四十年捨不得用的「軟煙羅」，其中就有雨過天青色。輕、軟、柔、細，透著晨光，有色無色，一片煙嵐，靜靜從深谷裡慢慢升起。

雨過天青是後周世宗某一個雨後看到的天色吧，他珍惜那天空的顏色，欽命陶瓷工坊研發成釉色，之後，燒製出汝窯。

歷史記得他，不是因為他是帝王，而是因為他為我們留下了那一片雨過天青的天空。

二〇二〇年十一月十二日

我們有時候不知道自己在福氣之中，像今天太麻里的這一片雨過天晴的天空和海洋，恰恰好是一盅如此安靜祥和的汝窯如玉潤般的祕色。

淡藍隱綠，流動著淺灰雲層中即將透露的微光，那是汝窯，是雨過天青，是驚濤駭浪過了之後視覺上極致的記憶。

繁華去盡，風雨都歇，知道有好幾世的福氣，才遇到此時天晴，珍惜眼前這極致的天地祕色。

黃金稻穗

二〇二〇年十一月十四日

立冬當天回到池上，收割的季節，一片燦爛耀眼的黃金稻穗。

雨後初晴，大團雲塊湧積在中央山脈的谷壑裡，像熱烈擁抱的人體，糾纏推擠翻捲。

近處丘嶺崗巒，一叢叢綠樹枝葉，也在風裡蜷曲律動。天地的安靜中其實有許多渴望與騷動。

眼前的風景像極了梵谷在聖雷米

精神療養院從窗口畫的風景，一樣的崗巒起伏，一樣密聚的濃厚雲團，一樣的金黃色田畝，只是他畫的是麥田，池上是稻穗。

畫了好幾年的池上風景，彷彿也有梵谷魂魄守護，雲山蒼蒼，可以遠遠呼喚孤寂者來，一起靜觀雲起雲滅。

忍冬

二〇二〇年十一月十六日

因為空氣極好，在池上的民宿睡得很沉穩。

夜裡下過雨，醒來時空氣裡聞到各種植物在潮潤的風中淡淡流動的氣味。幾隻狗也都悠閒，跟人搖搖尾巴後就各自到初升的陽光裡伸懶腰或打滾。

天地間自在自信的生命總是美的。民宿主人也美，開心打招呼說早安，開心忙著準備客人早餐。很精緻的手工小米粥，很精緻的沾醬杏鮑菇，一些野菜，一小節現蒸竹筒飯，量恰到好處，味覺也恰到好處。

美，常常是分寸的拿捏，過猶不及，太多、太少，都不會是美。太囂張狂傲的自大不是美，太委屈窩囊的自卑也不會是美。美是從容自信，美是回來做真實的自己。

社會上偶爾會遇到狺狺然的聲音，總覺得可憐，生命若有充足自信，大概不會把攻擊咒罵他人偽裝成自信吧……

餐食結束，看山腳下山巒間雲卷雲舒。

主人端來手工調製咖啡，我留下了餐盤上從院子摘的忍冬花，讓那一夜雨水滋潤的忍冬的悠長香味，陪伴這奢侈的早餐時刻。

洛神花

二〇二〇年十一月十七日

今天在池上海岸山脈坡地上看到一片洛神，花正盛開。

東部縱谷很多洛神花，據說二十世紀初就從印度馬來半島引進，生長在山坡野地上，不需要農藥，長得極好。

洛神是錦葵科植物，所以花和木槿的花相似，淡黃色，蕊芯有濃豔的紫紅，和台灣河岸邊常見的黃錦形狀色彩都類似，只是洛神花花瓣黃色較淡。

我們一般看不到真正的洛神花，坊間誤稱為洛神花的，其實是紫紅花萼厚肉形成的蒴果。

縱谷人家常用洛神沏茶，透明如紅寶石的色澤好看，入口微酸，聽

說幫助降血壓、血脂、膽固醇，是這幾年講究健康的最夯茶飲，其實醃漬後也極好吃。

以前讀曹植〈洛神賦〉，讚歎「凌波微步」這麼美的文字，讚歎一段激情又虛幻的愛情，此刻的「洛神」就在眼前，真實而又平常。

育生與小雪

二〇二〇年十一月十九日

多年前去牡丹灣時認識了民宿的工作人員任育生，他帶我們走加祿奶生態園區，老牡丹社的部落所在，一路認識了很多植物，經過二葉松林，會停下來讓我們聽一聽風裡的松濤。

育生身體魁梧，一看就是長年在山野裡行走的人，沉默不多話，謙遜自然內斂。

我常常觀察喜愛大自然的人，大多胸襟開闊，沒有小器瑣碎的計較，知道萬物並育不相害的道理，對任何一種生命的存在都有尊重，沒有偏執，沒有貶損，很少嗔恨。

這一次來牡丹灣，他跟我介紹了名叫小雪的白鷺，說小雪總是十月準時飛來，棲息半年，四月左右又飛走了。有了名字的一隻鳥，離去的時候也會讓人低喚牠的名字無限思念吧……

連續幾天，我在小雪棲息的湖畔用手機拍了許多照片，也很得意地拿給育生看。

他笑笑沒說什麼。

我離開後他傳了他拍攝的小雪，展翅飛掠過湖面，雙足輕盈，彷彿與水面倒影對話和聲，宛轉悠揚，比美最好的芭蕾舞者。

這是曹植〈洛神賦〉裡「凌波微步」的美麗詩句啊……

我短暫的停留畢竟無法像育生長時間與小雪的相處那麼深刻，可以捕捉到小雪最美的身影。

育生大概也沒有把在牡丹灣的工作當成工作，至少不是沉重的負擔，所以自得其樂，不只善待來住宿的客人，連小雪這樣一隻來過冬的

白鷺也尊重珍惜，深情繾綣。

他應該比我更知道《金剛經》裡說的「眾生」的真實意義吧。

謝謝育生。

山川無恙

二〇二〇年十一月二十一日

來往於花東縱谷和台北盆地之間，火車上會經過這一片熟悉的彷彿鐫刻在骨髓裡的風景。

每次買票都會央求給我靠窗的位置，經過的時候可以像重新看自己鍾愛的電影，一次一次停格、倒帶，回憶這畫面和自己生命無數次的交錯，會面，擦肩而過，頻頻回首。

路過的風景，可以稍縱即逝，也可以存留很久，像一張老照片，隨歲月老去，泛黃，褪色，折損，有了霉斑，但是留在抽屜一個珍貴的角落，無論如何也不會輕易丟掉。

年輕的時候曾經走進這風景，在兩座山之間開闊的河口啟程，攔了運木材的卡車，沿著谿谷河床入山，一路很顛簸，但是兩岸滿滿的野薑花濃郁的香纏綿到讓人如此迷失，長風揚飛，像飛翔，也像墜落，青春欣悅陶醉，想哭，卻傻笑著，失魂落魄。

年輕的背包客都唱起歌，歌聲在大山裡迴盪，直上雲霄，山鳴谷應。

這個季節，過了立冬，雲團低鬱沉暗，像孤獨者再次魂魄入山遠去，一個人，不想與人對話，在天寬地闊、山高水長處坐下來，有了靜觀眾生的緣分。

車行速度很快，我的手機還是在時光剎那間留下了這宿世記憶的風景。

山川無恙，人世安穩。

小雪

佛堂

二〇二〇年十一月二十二日

雲門有一個佛堂，全部用台灣檜木裝修，幾年了，香味仍在，那木質的芳香使我安定。

佛堂供著舞團帶到世界各個劇場去的佛像，佛像前總有一碟香花。表演者一地一地巡迴演出，每到一個劇場，都先安置佛像，佛像安置好，好像也就安了心。

舞者、工作人員早晚到劇場，演出前，演出後，都到佛堂靜坐禮拜。

巡迴時間有時長達兩、三個月，異地流浪，心神不定，各種意外狀況都可能發生，有一個可以讓大家安心的空間，有一個可以讓大家靜定

下來的地方是重要的。

社會騷亂不安，極端對立，彼此攻擊辱罵，各自都以暴烈情緒消耗著島嶼的祥和福分，不知災厄也許就在眼前。

小雪前一日，我來雲門看布拉瑞揚舞團五週年紀念演出，也到佛堂靜坐，知道今日有要紀念的事，知道今日有自己應該記憶的事，有應該追思的人，有應該祝福的無辜者，便在膝上蓋了佛堂準備的紫紅薄毯，與窗外的竹林田園，和竹林田園外更遠處的大河與觀音山上來去自如的雲朵問候平安。

秋色連波

二〇二〇年十一月二十四日

真的是「秋色連波」了。

小雪那天，白日還有點陽光，一到傍晚就起了風，風裡帶著寒意，北方的朋友來訊說「下雪了」。我也想起某年小雪當天到日本藏王，也是當天就遇到第一場初雪。

在亞熱帶，對四季節氣變化不容易熟悉，「小雪」似乎是冬天了，其實離真正的「冬至」還有一個月。

「立冬」還在深秋，只是預告冬天將至。「立春」也還是冬天結尾，真正的春天要到「春分」。「立夏」是預告，「夏至」才是夏天了。同樣，「立秋」也還燠熱，等到「秋分」才退暑熱。

我喜歡四個容易誤會的節氣：「立春」、「立夏」、「立秋」、「立冬」，都是上一個季節的尾巴，卻又預告了下一個季節的來臨。

節氣是時間延續的智慧，「立」是自己在無限時間裡做的標記，告訴自己：上一個季節要結束，下一個季節要來了。

時光荏苒，歲月推移，捨得，或捨不得，時間都不會停留。像今日小雪芒花蒼蒼，河邊獨自一人看秋色連波。

車站

二〇二〇年十一月二十八日

新北投舊火車站荒廢了一段時間，重新整理，以舊材料拼裝改建在原址附近。

這個建於日治時代的小火車站我有很深的情感。一九七六年巴黎回來，在忠孝東路四段上班，住家在新北投泉源路山邊。

下了班，坐公車到台北站，轉淡水線火車到北投，再換一段來往於北投和新北投之間的小火車。下車的地方就是七星公園對面這間樣式古樸的小車站。

平日乘客不多，車班也不多。有時我也為了等車，在這車站看書。

這車站是一九一六年的建築，超過百年了。

以後去日本，在許多小鎮看到形式類似的小站，覺得非常親切。日本保存維護舊建築非常認真，東京如此現代大都會，火車站還是百年老站。

台北火車站，如果在，也可以做百年紀念了。可惜。

台灣這幾年東部許多老車站隨意拆除，令人不解。歷史是記憶，車站是好幾世代許多人共同出入的記憶，月台上有許多人生的相遇與離別。

共同記憶是文化美學的基礎，所以巴黎收存十九世紀印象派藝術的奧塞美術館是老火車站改建。

美，是許多人共同記憶的積累。

我在新北投火車站沉思了一會兒，雖然荒廢了三十年，雖然不是原址，雖然是重新拼裝，我還是珍惜。

誇誇其談愛台灣，不如實實在在護佑好歷史，護佑好幾世代人共同的生活記憶。

族群疏離撕裂都是因為失去了共同記憶，沒有共同記憶，其實無「愛」可言。

記得「車站」，記得好幾世眾生的相遇與離別。

風吹草偃

二〇二〇年十一月三十日

小雪後七日，氣溫驟降，東北季風來襲，風中夾著寒意。河邊看芒草，一叢一叢，隨風低揚起伏。忽然想起少年時熟讀的《論語》的句子「風吹草偃」。孔子也常在河岸邊看叢草風中飛揚起伏的樣子嗎？

那一段故事是講統治者季康子問政，他問孔子：為了使人民趨向「善」，要不要用「殺」。

現在的執政者也會有季康子一樣的困擾吧？歐洲從上個世紀就從各個領域探討「死刑」存廢的問題。不容易有結論，但是各種從不同角度出發的意見，讓大眾的思維更成熟周到，不會被粗暴的情緒意氣左右。

孔子回答季康子的話令人動容，他說了三個字：「焉用殺？」「為什麼要殺？」那三個字其實是歐洲討論死刑存廢問題的核心價值。生命存活的意義何在？誰可以判定他人生命的存廢？

我喜歡的波蘭導演奇士勞斯基在他的《十誡》影集裡就深刻以基督教義闡述了現代「死刑」矛盾。許多發人深省的哲學都未必在當時發生結果。孔子回答統治者季康子的話，兩千年過去，依然在風中迴響。

「君子之德風，小人之德草。草上之風，必偃。」在上位者，居於社會主流，像風一樣，言行舉止有必然的影響，在下位的人民百姓大眾，一定跟風。

季康子也許應該聽懂，孔子不贊成「殺」百姓，因為他們只是跟「風」，大眾永遠是「風吹草偃」，他們若有偏差，真正該「殺」的不應該是他們。

大鄧伯

二〇二〇年十二月六日

朋友家的大鄧伯紫花開得極好，在節氣將至大雪的深秋初冬，陰雲霪雨，一片晦暗，能看到這樣明亮溫暖的淺藍粉紫色，真是開心。

大鄧伯是攀藤植物，藤蔓可以攀上高樓，然後垂下有二公尺長的花串，像美麗的簾幕。朋友說台灣民間不喜歡藤蔓，有「膠膠纏」俗語，覺得會遭小人糾纏。這意象其實《楚辭》就有，《楚辭》裡的藤蔓常被註解為小人。但我喜歡李白的「君為女蘿草，妾作菟絲花。……百丈托遠松，纏綿成一家。」把「糾纏」正面思考為「纏綿」，李白的心胸寬大很多。植物無辜，還是不要攀附上人的瑣碎是非。

我第一次看到大鄧伯已是四十年前的事了，剛從歐洲回來，景仰作家楊逵先生，聽說他剛從獄中出來，住在東海大學對面的山上，我就趁大學教課之便去拜訪他。

楊逵日治時代留學日本，參與勞工運動，一九三四年寫了極好的小說〈送報伕〉，揭露大財團對底層勞工的剝削，使人感嘆社會貧富的差距，資本家大財團壓榨勞工，毫無正義可言。

楊逵回台灣後持續組織農民運動，為被壓迫者發聲，在任何政權統治下絕不附和權貴。一九四八年因同仁參與起草「和平宣言」，觸怒統治者，被判處十二年徒刑。

他終生為弱勢者爭取平等，進出統治者牢獄，無怨無悔，對抗強勢惡霸的資本財團主流，竟然給兒子取名「資崩」，如此堅持「資本主義崩潰」，用今天文青的俏皮話來說大概會譏笑他是典型的「左膠」吧。

我去拜訪楊逵時，他就蹲在院子一串串大鄧伯的花棚下，圓領汗

衫，短褲，拖鞋，身上踏踏實實是一位農民，看不到絲毫知識份子留學生的傲嬌氣息。以後大概每次去東海都繞道去看他，他說正在跟讀小學的孫女學說國語。老人瘦削，輪廓深刻頑強已如雕塑，一生為社會底層爭取正義，卻可以如此言語溫暖，氣息平和，無一點怨恨暴戾。

那紫花棚下光影迷離，老人容貌至今仍在，是我難忘的島嶼歷史裡最美的記憶。

大雪

清水斷崖

清水斷崖半掩映在雨天的雲霧裡，山崖筆直向上的陡峻的線，升在飄渺的虛無之間，下面是太平洋的無盡波濤，聲聲不斷，彷彿有宿世的話要傾吐訴說。

第一次看到這山海的壯麗，是小學畢業旅行，十二歲，從車窗眺望山的峻烈，大海的無邊無際的蔚藍閃耀，匆匆一甲子，仍然記得當時少年被大山大海震撼時的驚動。

大自然的壯偉奇絕，可以讓未經世事的生命一剎那間懂了艱難，懂了頑強的存活，懂了殘酷的壓迫，也懂了波濤這樣纏綿的愛撫，懂了山與海宿命裡億萬年的相遇，糾纏，痴愛，捨離與頻頻回首。

二〇二〇年十二月十日

許多悵然，一甲子過去，斷崖多少次瘋狂雨驟，多少次山崩地裂，海嘯滔天，多少次人車隨土石墜落，在海中消逝，無影無蹤，「微塵，非微塵，是名微塵」。

為不相識不曾有緣謀面的逝者唸一段經，像今日微雨裡的波濤呢喃連續不斷。

當年緊靠山崖鑿琢出的道路也因為蘇花改的新路封閉，新路穿行在隧道間，看不到山海的嗔愛纏綿，我就特意下車走到舊路去看看獨坐斷崖邊的少年可好。

我還有淚

二〇二〇年十二月十四日

知本清覺寺很幽靜，寺院中多高大虬老有年歲的玉蘭、含笑，三十餘株桂花，走到哪裡空氣中都有淡淡的香。

下了幾天雨，幾株山茶花盛開。

都市白茶花容易沾惹灰塵，無法像山林裡的茶花這樣乾淨，像定窯白瓷。

高枝梢頭上的一朵茶花，襯著背後東部潔淨蔚藍天空，彷彿要隨雲朵飛去。李商隱有驚人的句子：「鶯啼如有淚，為濕最高花。」一生命有這麼艱難又頑強的爭勝之心，哭時濺淚，也要哭到沾濕那最高的一朵花。

累世宿緣，嗔怒愛恨，都要像來人世一遭的絳珠草，要把淚一點一滴還得乾乾淨淨，還乾淨了，就不再有瓜葛。

想起多年前自己的句子：

我還有淚，要祭奠美與歲月。

我還有淚，一點一滴，要還給江山。

山靜雲閑

二〇二〇年十二月十六日

即將冬至，樂山清晨山頭一抹微雲，靜坐看雲來雲去，雲升雲卷，無所從來，亦無所去，瞬息幻滅。

想起大學時在竹南獅頭山上看到的寺廟楹聯：

山靜雲閑，如是機緣如是法。
鳥啼花放，爾時休息爾時心。

青年時嗔怒愛恨，情緒澎湃，不識機緣，不知休息，常常總要逃到佛經裡讓自己安靜安心。

多年來，那一幅對聯還常在心中縈繞。

是的，佛法是機緣，領悟也是機緣。生命機緣俱足，也就看到了眼前的山靜雲閑。

清覺寺這一個清晨彷彿一無心事，諸事放下，走在休息的路上，聽鳥不斷啼鳴，看花不斷開放，世界原來本都如此安好無恙，嗔怒愛恨只是自己多事。

相忘於江湖

二〇二〇年十二月二十日

我很喜歡八大山人的畫，他畫的魚、鳥都好，看久了，那些魚、鳥都有人的表情。魚的眼睛看望著空茫的時間，像是要哭，又彷彿只是淡淡一笑。

這個原來是明王朝的王子，青年時遇到清軍入關，突然從富貴權勢的高峰墜入亡命的深淵。他出了家，一下做和尚，一下做道士，不斷改換名字，稱自己為「驢」為「啞」，裝瘋賣傻，度過流亡的恐懼歲月。

要有多麼純粹的孤獨，才能和一條冷水中的魚說話，要多麼寂寞才能懂洪荒以來魚在江湖水中逝去看不見的自己的汩汩淚水？

八大山人說自己的畫「墨痕無多淚痕多」，他很像梵谷，他們都是用淚痕入畫的畫家，只是梵谷濃烈濺迸，八大清淡蒼涼。

八大山人的魚是莊子哲學裡的魚，兩千年前，莊子看到泉水乾涸，兩條魚要乾死了，拚命用口水濕潤對方，這樣的「愛」能維持多久？

莊子嘆了一口氣說：「相濡以沫，未若相忘於江湖。」

莊子藉著兩條魚，可能說了我們每一天與人相處的狀態，我們愛父母，愛兄弟姊妹，夫妻相愛，朋友相愛，莊子冷冷看著，人們在死亡前如此用口水濕潤對方「相濡以沫」。

莊子熱淚盈眶，他想跟用口水彼此濕潤的生命說：這樣相濡以沫，何不在廣闊自由的江湖中忘了彼此？

「相忘」會不會是更大的愛？「相忘於江湖」會不會是對生命個體自由更根本的尊重？

哲學重要的不是結論，而是思考的過程。

我很慶幸有日常生活裡家人朋友相濡以沫的愛與溫暖，卻也嚮往相忘於江湖的自由，不牽絆拖累他人。

莊子哲學提醒我儒家強調的「愛」之外，應該還有更廣闊的愛的祝福吧！

在愈來愈嚴重的疫病蔓延時刻，「相忘於江湖」讓我想到此時此刻的「社交距離」，慎重不要隨便「相濡以沫」。

冬至

善念

二〇二〇年十二月二十三日

冬至後，在城市廣場散步，細雨霏霏，輕如薄霧，身上沒有沾濕的感覺。倏忽間雲隙又透出陽光，城市上空一道清晰的彩虹。

也許是連日陰霾霪雨使人沉重沮喪，也許是因為有一點點陽光露面，又喚起了人們懷抱希望。

人類在忐忑不定中活著，常常因為自大任性驕矜跋扈，就從幸福雲端瞬間墜落深淵受苦，有一點謙卑，就多一分福報。

俄羅斯古老寓言的故事，一個壞婦人總是惡待窮人、打罵奴僕，但是有一天看到老乞丐，突發善意，捨了一根蔥。

婦人死後，因為生前惡事下了地獄受苦，但因為生前那一根蔥，她

有得救機會，便抓著那根蔥往天國去，這時有另一人來搶，也要抓著蔥離開地獄。婦人大怒，用手劈打、大聲宣告：「這蔥是我的。」她剛說完，就從雲端又墜入深淵。

青年時讀的故事，一直記得，害怕自己不小心就自大說：「這是我的。」《金剛經》說「無有福報」，「所作福報，不應貪著」，謹記在心。

彩虹是古老的神話裡上帝和人類立誓約的印記。飽受大洪水暴雨四十天折磨驚嚇後，人類看到彩虹，知道神的詛咒已過，祝福降臨，陽光重現，大地復甦，可以喘一口氣，過平安的日子。

走在城市廣場，看到彩虹，合十為眾生祈福，平安夜應該平安，新年元旦，第一個黎明，心存善念，便可逢凶化吉，風調雨順，國泰民安。

天地無私

二〇二〇年十二月二十六日

過了冬至，城市的連日陰雨、寒風濕冷讓人們穿著沉重厚外套，戴著帽子，圍滿圍巾，瑟縮著匆匆走過。

身體瑟縮，大概也影響心靈的瑟縮吧，緊閉不敢打開的門窗也讓日子顯得陰霾晦暗。

冬至後五日，在棉被裡窩久了的身體，感覺到窗簾隙縫透出一點點亮光。心裡疑惑：天晴了嗎？風雨止歇了嗎？陽光出來了嗎？

一連串的疑慮，半是懷疑，半是盼望，走到窗前，推開窗。

窗外大河浩蕩，波光粼粼，緩緩流過。窗下是大片蔓延長得極蓬勃壯碩的紅樹林，微微吹南風，風裡鳥聲喧鬧啁啾。

遠處是篤定穩重的大屯山，山頭上旭日初升，一朵一朵幸福祥雲向蔚藍的天空升起。

山高水靜，天長地久，一年疫病災難不斷，我執深的人，如被激怒無知的獸，輕易叫囂互罵，齜牙咧嘴，爭鬥廝殺，陷在無明愚昧中，為眼前下一點點贏沾沾自喜，為一點點輸憤怒跳腳，嘴臉歪斜扭曲，抱怨天抱怨地。

此時山河平和綿邈，窗外仍然是平常的歲月，天地無私，其實處處都是祝福。

停船暫借問

二〇二〇年十二月二十八日

兩艘船在河面上並肩而行，一遠一近，像是結伴同行，也可能只是陌路相逢而已吧。

想起唐詩裡我很喜歡崔顥寫的〈長干行〉：「君家何處住？妾住在橫塘。停船暫借問，或恐是同鄉。」

〈長干行〉本來就是民間樂府歌辭，有民歌不賣弄文字的素樸。橫塘在哪裡？有各種不同說法。但從三國以後，橫塘就出現在詩人作品中。

唐代好幾位著名詩人都寫到橫塘，經歷宋、元、明、清、民國，橫塘慢慢演變，不再只是地名，已經積累成為文學史上極富詩意的一個美麗意象。不限定是一個固定的地域，詩人創造了心靈上自由無拘束的

「橫塘」。是水上的橫堤，是船隻聚集和擦肩而過的江岸。

陌生船家男女邂逅，隔船詠唱小調，歌聲悠揚，彼此調情嬉笑，船過水無痕，剩下水上餘音嫋嫋讓詩人感懷吧！擺明是搭訕調情，橫塘女子明豔大方，問鄰船男子住哪裡，也說了自己的居處——橫塘。

人生旅途，或許難得有一次「停船暫借問」，騎著摩托車，腳踏車，或捷運相遇，擦肩而過，春光明媚，看到陌生人，情不自禁，會不會想停下來，問一聲：「君家何處住？」

我喜歡唐朝的詩，沒有文人的忸怩作態拐彎抹角，傳承了原野長河庶民歌聲的質樸大方。「或恐是同鄉？」結尾這樣好，真是唐朝的雍容大氣。

走到天涯海角，我們還能保有人的單純寬闊胸懷，無所畏懼，無所顧忌，大膽跟陌生者說「或恐是同鄉」嗎？

山茶

二〇二一年一月一日

二〇二〇，庚子，許多人會記得這一年。疫病蔓延，從一個地區到另一個地區，從一個城市到另一個城市，從一個國家到另一個國家，從一個洲到另一個洲。

城市、國家、洲，原來都是人類自己製作的分界，對病毒而言，並沒有分界。

人類用自己製作的分界隔離，以為可以自保。疫病快速一一突破，上千萬人感染，「微塵，非微塵」、「世界，非世界」，《金剛經》的句子總是提醒人類狹窄的畫地自限。

一整年，原來認為很快會結束的疫病，延續了一整年，似乎還沒有結束的跡象。許多城市、許多國家以為是他人的事，許多洲，覺得疫病離自己很遠，滿不在乎，很快就從幸災樂禍中驚醒。

疫病不論貧富貴賤，疫病不分種族國家，疫病不管你的信仰黨派，疫病尋找人，大意的人，傲慢的人，幸災樂禍的人，自以為是的人，一一落入自己的陷阱。

心胸狹窄便是自己腳下陷阱。

疫病像一次神蹟的開示，所有自以為是的、自作聰明的猜測都變成人類自己挖的陷阱。「變種」是什麼？想到古老民族鐫刻在石版上的第一條誡律：不可猜測你的神。

疫病仍然在最自大傲慢的區域如火如荼蔓延，像是要用更嚴峻的方式告誡人類：可以重新學習謙卑嗎？如果一百萬的死亡還無法讓人類警醒，還要有更巨大的苦厄在前面嗎？

在急速來臨的寒冷冰凍下，一朵山茶花含苞綻放了，我們可以重新理解一朵花鬥寒綻放的意義嗎？這樣單純，這樣潔淨無垢，這樣沉默安靜，這樣謙遜內斂。

把一朵花作為功課，在人類歷史困頓災厄的一年的最後一天，祈願自己有更深沉的學習與省思，有更廣大虔誠的誓願，為逝者哀悼，為罹病者祝福，為更多新生的無辜生命祝福。

作家作品集 0099（精裝）

歲月，莫不靜好

作　者—蔣勳
全書照片攝影—蔣勳
封面暨內頁設計—林秦華
特約專案總編輯—曾文娟
編　輯—陳彥廷
校　對—蔣勳、曾文娟、胡金倫、陳彥廷
責任企劃—藍秋惠
內頁排版—立全電腦印前排版有限公司
總 編 輯—胡金倫
董 事 長—趙政岷
出 版 者—時報文化出版企業股份有限公司
一〇八〇一九台北市和平西路三段二四〇號七樓
發行專線—（〇二）二三〇六六八四二
讀者服務專線—〇八〇〇二三一七〇五
（〇二）二三〇四七一〇三
讀者服務傳真—（〇二）二三〇四六八五八
郵撥—一九三四四七二四時報文化出版公司
信箱—一〇八九九臺北華江橋郵局第九九信箱
時報悅讀網—http://www.readingtimes.com.tw
時報文化臉書—https://www.facebook.com/readingtimes.fans
法律顧問—理律法律事務所　陳長文律師、李念祖律師
印　刷—金漾印刷有限公司
初版一刷—二〇二一年十二月三日
定　價—新台幣五五〇元
（缺頁或破損的書，請寄回更換）

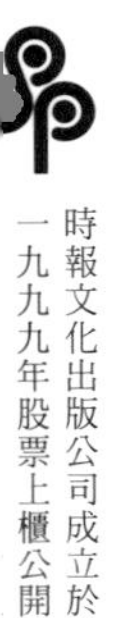

時報文化出版公司成立於一九七五年，
一九九九年股票上櫃公開發行，二〇〇八年脫離中時集團非屬旺中，

歲月，莫不靜好／蔣勳著. -- 初版. -- 臺北市：時報文化出版企業股份有限公司，2021.12
面；　公分. --（作家作品集；CM00099A、CM00099）
ISBN 978-957-13-9528-9(精裝). --
ISBN 978-957-13-9649-1(平裝)

863.55　　110016113

SBN 978-957-13-9528-9(精裝)
rinted in Taiwan